權錢對決

之 7

當局者迷

姜遠方 著

目錄 CONTENTS

第一章

新銳人物

慕見明不好意思地說：
「你的設計太好了，讓我都忘記介紹我的同伴了，
這位是馮葵馮小姐，這位是鄭莉，
小葵啊，鄭莉是這次入選人當中最優秀的一位，
我十分看好她能成為這一屆新銳人物的榜首。」

第二天上午，傅華就跟羅雨打了招呼說是家裏有事，不過去駐京辦了，然後就被鄭莉拖著到處逛街，尋找適合他參加頒獎典禮的衣服。

途中他找了一個空檔，發了個簡訊給馮葵，告訴她他被鄭莉拖住，沒法兒去找她了，馮葵大概是想鄭莉在他身邊，所以也沒有回覆。

選完衣服，鄭莉又拖著傅華一起去做頭髮，這番折騰下來，一個白天就這麼過去了。

晚上，鄭莉穿著一身自己設計的黑色晚禮服，挽著一身筆挺西裝的傅華出現在釣魚臺國賓館芳菲苑的紅地毯上。

鄭莉身穿的晚禮服，上身採用了中式旗袍合體剪裁，下身則是西式晚禮服式的過膝長裙，髮髻高盤，很好的襯托出了鄭莉的高貴和從容，而傅華在記者的鏡頭下笑得則是有些僵硬。

雖然他不是沒經歷過這樣的場合，但是陪鄭莉走紅地毯有點太過莊重，加上他又不是時裝圈子裏的人，舉目看去找不到一個熟悉的人影，讓他感覺自己就像闖入叢林的小白兔。

走過紅毯，進入會場，兩人找到了寫著鄭莉名字的座位。

傅華掃視了一下四周，發現不愧是時裝界的盛會，每個人都是盛裝出席，男人大多數是穿著西裝，變化不大，女人則是各式各樣的晚禮服爭奇鬥豔。

鄭莉看到不少熟悉的面孔，就帶著傅華一起過去打招呼。傅華是來給鄭莉撐場面的，也不得不跟著鄭莉戴著一副笑臉，四處的跟人握手寒暄。

鄭莉是時裝界新竄起的明星人物，每個她過去打招呼的人都對她很熱情，跟鄭莉相談甚歡，但這些人對傅華就有些興趣缺缺，禮貌性的握手寒暄之後，就把傅華給晾在一邊了，這也讓傅華愈發的感覺無趣。

正當傅華百無聊賴之際，不遠處走過來一位高大帥氣的男子，男子穿著一身純白色的西裝，濃眉大眼，鼻梁挺直，腦後紮著一個小小的馬尾辮。他覺得這個男人一定是個時裝男模，不然不會這麼亮眼。

但是讓傅華真正驚訝的不是這個帥氣的男人，而是跟男人一起過來，身體微微依靠著男人的那個女人，居然是馮葵。馮葵跟這個男人貌似很親密，帶著仰慕的眼神看著那個男人，似乎根本就沒看到傅華一樣。

傅華心裏有些酸酸的，很不是滋味，馮葵跟這麼帥氣的男人來參加頒獎典禮是什麼意思啊，她是沒接到自己要來參加這個頒獎典禮的短訊，還是接到了故意要來的？她跟這個男人又是什麼關係呢？

傅華心裏正納悶著，男人卻先跟鄭莉打起了招呼，他笑著說：「誒，鄭莉，你今天穿這一身真是漂亮啊，中西結合，簡潔大方，完全襯出了你的氣質。」

鄭莉笑笑說：「好了慕見明，別拍我的馬屁了，你設計的時裝那麼好，我的設計又怎麼能入得了你的法眼啊。」

慕見明立即說：「可別這麼說，你的設計很棒的，這次我們一同入選十大新銳人物，你是其中最讓我感覺到壓力的一位。」

傅華聽見兩人的談話，才知道這男人原來也是一個服裝設計師。

鄭莉笑說：「好了，別這麼謙虛啦，大家都認為你才是這次新銳人物榜首的不二人選呢。」

慕見明仍是謙虛地說：「那可不一定，其實我是看好你的，尤其是你從米蘭回來之後，風格更趨簡單質樸，在簡單中又能抓住美的精髓，作品越來越有大家風範了。」

鄭莉開心的笑了起來，說：「慕見明，你今天是打定主意要拍我的馬屁到底了是吧？哎，別捧我了，你還沒介紹你身邊的這位女士呢。」

慕見明不好意思地說：「你的設計太好了，讓我都忘記介紹我的同伴了，這位是馮葵馮小姐，這位是鄭莉，我跟你說，小葵啊，鄭莉是這次入選人當中最優秀的一位，我十分看好她能成為這一屆新銳人物的榜首。」

鄭莉跟馮葵握了手，說：「你好馮小姐，你別聽慕見明瞎吹捧我，他是怕一會兒我輸給了他心裏會難過，才故意說好話給我聽的。」

馮葵笑了一下，寒暄說：「你好鄭小姐，我對你可是聞名已久，只是一直無緣一見，今天很高興認識你。其實見明說的沒錯，你的作品確實很優秀啊。」

鄭莉有些害羞地說：「馮小姐太誇獎我了，誒，我給你們介紹，這位是我先生傅華。」

馮葵似乎這才注意到傅華，詫異地說：「傅先生，怎麼是你啊？」

傅華本來還在想要不要裝作不認識馮葵，聽馮葵這麼說，就跟馮葵握了握手，說：「是啊馮小姐，我也沒想到會在這兒碰到你。」

此時傅華大致上已經明白馮葵為什麼會跟慕見明出現在這裏了，一定是她接到他的短訊，知道今晚他會出現在這個頒獎典禮上，所以才刻意跑來湊熱鬧的。這個慕見明可能是馮葵的好朋友。

慕見明看了一眼馮葵，問道：「小葵啊，你們認識？」

馮葵說：「是啊，是我一個朋友的朋友，去過我以前開的會所，就這麼認識了。」

慕見明就伸出手來，說：「傅先生，很榮幸跟你見面，請問在哪裏高就啊？」

傅華正想回話說他是在海川市駐京辦工作，鄭莉卻搶先說：「我先生在政府部門做事。」

慕見明就哦了一聲，沒再說什麼。

這時主持人要大家回到座位上，說頒獎典禮馬上就要開始了，於是幾人分別坐到自己的座位上去。

就座後，鄭莉不禁問傅華：「老公，你什麼時候認識這個叫做馮葵的女人的？」

「認識有一段時間了，」傅華裝得很鎮定地說：「怎麼了？」

傅華表面上故作鎮靜，心裏卻很緊張，鄭莉問這話，該不會是他剛才露出了什麼破綻？

鄭莉埋怨說：「沒什麼啦，只是奇怪你怎麼從來都沒在我面前提起過這個女人。」

傅華笑笑說：「這有什麼好奇怪的，我只是被朋友帶去她那裏玩過幾次，跟她只是認識，並沒有什麼很深的交往。」

「真的嗎？」鄭莉用懷疑的眼神看了看傅華。

傅華被看得心裏直發毛，心中不由得埋怨馮葵不該隨便跑來，這下好了吧，讓鄭莉嗅到了異樣的味道。

傅華不知道是什麼地方讓鄭莉起了疑心，只好硬著頭皮說：「當然是真的，怎麼了，有什麼地方不對勁嗎？」

鄭莉歪著頭說：「也不是什麼地方不對勁，我只是隱隱有一種感覺，就是這個女人很喜歡你。」

傅華暗自心驚，原來女人的第六感這麼靈敏，自己只是跟馮葵握了握手，說幾句客套話，就讓鄭莉看出來馮葵對他有感情。

傅華強自鎮靜的笑說：「小莉，你別扯了，我可不覺得這個女子對我有意思，再說，你沒看到她是跟著慕見明來的嗎？有慕見明那麼優秀的男人她不去喜歡，她跑來喜歡我幹嘛?!」

「慕見明？」鄭莉笑了起來，說：「你是說她喜歡慕見明？」

傅華被笑愣了，說：「怎麼了，她不能喜歡慕見明嗎？我覺得慕見明挺好的啊！」

鄭莉忍住笑，說：「慕見明是挺好的，不過她不會跟慕見明有什麼的，因為慕見明不喜歡女人，他喜歡的是男人。」

傅華詫異的說：「慕見明是同性戀？不可能吧，慕見明看起來挺男人的，也沒什麼女裏女氣的動作，怎麼可能是同性戀呢？」

鄭莉笑說：「同性戀就一定要像女人啊，同性戀中有女性化的一方，自然就有男性化的一方了，慕見明扮演的就是男性化的一方。慕見明是我們設計師圈內公開出櫃的同性戀，作為朋友，姓馮的女人不應該不知道的，所以慕見明根本就不可能跟她有什麼戀情。」

傅華心中暗道馮葵弄巧成拙，怎麼會找一個同性戀來做她的同伴呢？這不擺明了讓人覺得奇怪嗎。

他說：「原來是這樣子啊，不過，就算她跟慕見明沒什麼，也不代表喜歡我啊。」

鄭莉搖搖頭說：「你們這些男人啊，感覺就是遲鈍，你難道沒注意看她的眼神嗎？」

傅華笑笑說：「我閒著沒事去看一個女人的眼神幹嘛啊？」

鄭莉有些醋意地說：「難怪你不知道她對你的情意，剛才我可是留意到了，她看你的眼神，完全是在看情人的愛戀眼神，雖然她已經盡力想要把這份情意給壓抑下去，但是那種熾熱還是壓都壓不住的往外流淌著。」

鄭莉越說，傅華越是膽顫心驚，鄭莉入木三分的描述出馮葵對他的心態，幸好他剛才沒有在鄭莉面前跟馮葵眉來眼去，要不然鄭莉大概立刻就識破他和馮葵間的貓膩了。

傅華開玩笑說：「你這麼說，她是在暗戀我了?!哎呀，我還沒到這麼有魅力的程度吧？」

鄭莉搖搖頭說：「你這傢伙挺能迷惑女孩子的，我警告你啊，她喜歡你我管不著，你可不許去招惹她。」

傅華趕忙撇清說：「小莉，你搞錯了吧，都跟你說了，我跟她只見過幾面而已，沒有什麼深入的交往，想要招惹也沒有機會的。」

鄭莉哼了聲說：「搞沒搞錯你就不用管了，反正你離她遠點兒就是了。」

說話間，女主持人已經介紹完來參加這次頒獎典禮的領導和嘉賓，主辦單位的領導開始講話，頒獎典禮算是正式開始。

在熬過了幾十分鐘枯燥無味的嘉賓講話之後，終於進入到頒獎的環節，鄭莉的神情開始緊張起來。

傅華伸手過去握住鄭莉的手，小聲說：「別緊張，你會得獎的。」

鄭莉握緊了傅華的手，點點頭說：「我沒事，我不緊張。」

話雖這麼說，傅華卻明顯感覺到鄭莉的手心汗漉漉的，表明她其實十分緊張。

當嘉賓宣布得獎名單的時候，鄭莉把傅華的手握得很緊，讓傅華都感覺到有些痛了。嘉賓終於念出了鄭莉的名字，鄭莉用力握了一下傅華的手，低聲喊了聲，耶。

鄭莉如願當選年度十大新銳人物，得票數排名第二，榜首則是被慕見明獲得。

鄭莉站起來向周邊的人群揮手，一邊揮手，一邊走向前面的主席臺。

傅華心情複雜的看著得意洋洋的鄭莉，在服裝業埋頭耕耘了這麼多年，鄭莉終於嘗到甜蜜的果實。隨著一個個獎牌被鄭莉收入囊中，她的事業益發的成功：但伴隨著事業的成功，她要減少工作量回歸家庭的承諾恐怕也就更難兌現了。

在臺上，鄭莉接過獎盃和證書後，發表了得獎感言；這時，傅華注意到馮葵轉頭看他，在眼神交匯的那一刻，傅華從馮葵的眼神中看到了憐惜，便知道馮葵猜到了他現在複雜的心情。

他不敢大膽的跟馮葵眉來眼去，因此眼神一碰上之後，就趕緊錯開了。典禮最後是記者訪問各得獎人，慕見明和鄭莉自然成為記者重點關注的人物，圍住他們不停的提問。

在一旁等慕見明的馮葵走到傅華身邊，促狹的說：「傅先生，恭喜你夫人獲獎了，我想你的心情一定十分喜悅吧？」

傅華沒好氣的白了馮葵一眼，說：「那是不是我也要恭喜你的慕見明獲獎了啊？」

馮葵笑說：「那是當然啦，怎麼樣，我這位男朋友很優秀吧？」

傅華諷刺地說：「太優秀了，人長得英俊帥氣不說，又這麼有才華，真是打著燈籠都難找的啊！」

馮葵越發有趣地說：「嘿，看你這個樣子可是有點嫉妒啊？」

傅華嘲笑說：「我只聽說慕見明喜歡女性化的男人，怎麼？他最近口味變了，開始喜歡男性化的女人了嗎？」

「你這傢伙，原來你都知道啦？」馮葵說著，便忍不住想往傅華的身邊靠過來。

「注意你的行為舉止，現在是在公開的場合呢，」傅華趕忙阻止馮葵，說：「慕見明是公開出櫃的同志，你讓他作你的同伴有些失策。」

馮葵聽傅華喝止她，趕忙把身子挪了挪，跟傅華保持距離，說：「我也知道找他不合適，不過臨時只能找到他這個朋友，我又很想看看你和老大一起出席這種場合是什麼樣子，就只好勉為其難找他啦。」

傅華不禁問：「現在你看到了，有什麼感想啊？」

馮葵說：「你很有眼光啊，老大確實是個有氣質有才華的優秀女人。」

傅華開玩笑說：「你的意思是不是想告訴我，老大並不漂亮？」

馮葵笑說：「那是你多心了，其實我也不算是漂亮的女人啊！你知道嗎，我發現我和老大都有一個共同的特點，我們都算不上漂亮，但是都很有氣質，個性也都很強，高芸似乎也是這個類型，原來你就是喜歡我們這種類型的女人啊！」

傅華怔了一下，想想他曾經交往過的女人，趙婷、鄭莉、雄獅集團的謝紫閔、曉菲和眼前的馮葵，確實都不算是十分的漂亮，卻都是個性很強的強人型女性。

傅華自嘲說：「你說的還真對啊，難道我有迷戀女強人的情結嗎？」

馮葵分析說：「你的個性優柔寡斷，雖然你很想在男女關係中掌控主動權，卻都不成功；就像事業這麼成功的老大，雖然你很想讓她什麼都圍著你打轉，但是很明顯，事業對她更重要，所以你想要讓她被你掌控的企圖根本就實現不了的。」

傅華頓時有被點醒的感覺，他喜歡有個性的女人，卻又希望這些女人放棄個性，成為依附他的小女人。這本就是相互矛盾的，也因為這矛盾的糾結，讓趙婷和曉菲都選擇離開他。

馮葵繼續分析著：「對我也是一樣，那次我們吵架，你故意不跟我聯繫，就是想逼迫我乖乖地聽你的，但是結果我一個電話過去，你這個大男人還不是馬上就跑來跟我和好了？呵呵。」

傅華氣弱地說：「你是不是很得意啊？」

馮葵搖搖頭說：「我不是很得意，而是想告訴你，就像我迷戀你一樣，我們相互吸引的不是彼此的外貌，而是個性。所以你不要因為老大沒有乖乖的做你的小女人而糾結。你想，如果我們真的變成小女人了，你還會喜歡我們嗎？」

傅華笑說：「小葵，想不到你說話還挺有哲理的。」

馮葵真誠地說：「我是不希望你自尋煩惱。你既然選擇了強勢的女人，就要有承受她們的心理準備。你看你今天，雖然跟慕見明一樣，也是一身帥氣筆挺的西裝，可行為舉止僵硬，手腳都不知道怎麼擺放，像極了一個初次進城的鄉巴佬，跟慕見明是天差地別。」

傅華抱怨說：「你別說得這麼刻薄好嗎，我還沒那麼不堪吧？」

馮葵笑說：「我是心裏憋屈，你在我面前不是挺威風的嗎？怎麼跟老大站在一起就縮手縮腳了呢？怎麼，在女強人的光環下，滋味不好受嗎？」

傅華嘆說：「我對這種場合不太適應，偌大的會場就只碰到你一個熟人。」

馮葵挖苦說：「就會找理由！你是孩子，非要熟悉的環境才行啊？誒，老大在看我們呢。」

傅華望向被圍在人群中的鄭莉，就看到鄭莉正看向他這邊，眼神中似有疑惑，就趕忙對馮葵說：「我們還是不要再聊了，她對我們的關係已經起疑心了。」

馮葵愣了一下，說：「不會吧，我沒做什麼讓她懷疑的事啊？」

傅華取笑說：「你能控制你的行為，但是沒能控制好你的眼神，老大覺得你看我的眼神中有壓不住的情意。」

馮葵大嘆說：「真厲害，這也能看得出來。」

傅華笑說：「這也怪我，誰叫我喜歡的都是些聰明的女人呢？」

馮葵聽了，笑說：「好吧，既然她察覺到了，我還是離你遠一點吧。」

馮葵就走開了。

過了一會兒，鄭莉結束採訪，回到傅華身邊，對傅華說：「走，我們回家吧。」

車上，鄭莉一直靜靜地坐在那裏，也不講話，傅華以為她是沉浸在得獎的喜悅中，便沒去打攪她。

過了一會兒，鄭莉突然說道：「你剛才跟那個姓馮的女人聊得那麼高興，都聊些什麼啊？」

傅華錯愕地說：「原來你在想這件事啊，也沒什麼，她就是過來向我說恭喜你得獎了。」

「不會這麼簡單吧？我看你們說話的神態可是很親暱的樣子啊。」鄭莉看著傅華的眼睛說。

傅華心虛地說：「有嗎？我們就是看你和慕見明都獲了獎，替你們倆高興而已。怎麼，你得獎了，心情應該高興才對，怎麼老是去想這些莫名其妙的事啊？」

鄭莉懊惱地說：「我也不知道我怎麼了，看見你們倆站在一起，我心裏總有一種很怪異的感覺，感覺你們倆似乎很親密。至於得獎，我也沒覺得特別的高興，想不到我還是沒能贏過慕見明，看來我還需要更加努力才行。」

傅華安慰鄭莉說：「小莉，你不要這麼好強，這樣會把自己搞得很累的，其實你表現得很不錯了。」

「可是我還沒贏過慕見明呢。」鄭莉搖搖頭，自責地說：「這只說明了我還不夠好。」

傅華暗自苦笑了一下，這就是找一個有個性的女人做老婆的結果吧，她們個性獨立，有自己的主見，對生活有自己的認識，任何嘗試改變她們的想法都是徒勞，除非她們自己想要改變。

傅華信手打開了收音機，一個滄桑的聲音傳了出來。是趙傳的一首老歌《我終於失去了你》，這首歌的歌名讓傅華覺得不是一個好兆頭，就把收音機給關了。

「怎麼關掉了，這首歌挺好聽的啊。」鄭莉說著，又將收音機給打開，歌聲再次迴盪在車廂裏，鄭莉輕聲地跟著哼唱著。

今天馮葵的那番談話改變了他的一些想法，他覺得應該嘗試著去接受現在狀態下的鄭莉，而不是硬要去改變什麼。

而趙傳的這首歌竟讓傅華有些心神不寧的感覺，怎麼會恰好在這個時刻播出這首歌呢？這首歌是不是在預示著什麼？

第二天上午，傅華正在駐京辦忙活著，胡瑜非打電話來，說：「傅華，有沒有時間來我這一趟，我介紹個人給你認識。」

傅華隱隱猜到可能是楊志欣到北京了，便說：「胡叔您找我，我沒時間也要抽出時間來啊，你等我一下，我馬上趕過去。」

胡瑜非打趣說：「傅華，我發現你別的沒見長，嘴卻是越來越甜啦！趕緊過來吧，我等你。」

傅華就開車去了胡瑜非家，進門就看到一個看上去五十多歲的男子正和胡瑜非對坐著喝茶。

這個男子穿著打扮很隨意，一身休閒服，樸實得像街頭常見的老頭。不過這個男子的樸實不是關偉傳那種土氣，而是一種平和淡然。

看到傅華進門，這個男子站了起來，走過來伸出手說：「你就是傅華吧，我們在手機上說過話的。」

這個男人果然是豐湖省的省委書記楊志欣，雖然傅華跟他從未謀面，但是這張臉經常在新聞畫面裏出現，傅華一眼就能認出來。這傢伙不愧是省委書記，即使衣著樸實，舉手投足仍有一種威嚴在。

傅華趕忙快走步迎上去，雙手握住楊志欣的手，說：「沒想到胡叔要介紹我認識的，居然是楊書記。」

胡瑜非看了傅華一眼，笑說：「別裝了，你是真的沒想到嗎？」

傅華笑了起來，說：「猜到幾分，不過不敢肯定罷了。」

楊志欣聽了說：「瑜非一直跟我說你是一個很有才華的人，今日一見，果然是如此啊。」

胡瑜非吐嘈說：「可惜的是這傢伙胸無大志，浪費了滿腹的才華啊。」

傅華笑說：「胡叔，您可別這麼說，叫楊書記乍聽還當真了呢。」

楊志欣欣賞地說：「我可是信得過瑜非的眼光，他這麼稱讚你，自然是有這麼稱讚你的理由。」

胡瑜非招呼說：「你們倆都別站著了，這茶冷了可就不香了。」

第二章

老狐狸

眼前這兩個人都是老狐狸級數的狡猾人物，
傳華雖然心中有所警惕，卻不能露出有所不滿的樣子，
他現在跟這兩隻老狐狸已經是在同一條船上，
只有同心對敵才能有勝算。
審時度勢之下，他也只有把心中的不滿壓下去。

傅華就和楊志欣坐了下來，胡瑜非給兩人各倒了一杯茶。

楊志欣說：「誒，傅華，這一次要謝謝你，你提供的那份舉報資料起了大作用。」

胡瑜非說：「是啊，幸好我沒有婦人之仁，將這份資料放棄，而是按照你說的提交給有關部門。這份資料完全打亂了睢心雄的陣腳，這傢伙徹底慌了神，抓了嘉江省公安廳十幾名官員，搞得嘉江省全省震動，跟黎式申有過往來的官員人人自危。北京的高層對此很不滿意，認為睢心雄處置失當，私下還對睢心雄提出了批評。」

楊志欣這時看了看傅華，說：「傅華，你怎麼看睢心雄抓捕黎式申親信這件事？」

經過一番冷靜的思考，傅華推翻了他認為睢心雄是在作秀給北京高層看的想法，睢心雄愛作秀不假，卻沒有蠢到為了作秀而損害自身利益的程度，黎式申出事後，按說沒有人會更比睢心雄更在意嘉江省的穩定，嘉江省如果發生動盪，高層首先就會對睢心雄的領導能力產生質疑。

傅華相信睢心雄不會認識不到這一點，但是睢心雄卻仍然堅持採取大動作抓捕黎式申的親信，那就是有某種理由讓他不得不這麼做；而這個理由對睢心雄的危害一定十分嚴重，危及到的可能不僅僅是睢心雄省委書記的地位，還會讓睢心雄身敗名裂，身陷囹圄。傅華猜測這個肯定和黎式申有關。

車禍發生後，睢心雄隨即封鎖了黎式申的一切物品，表面上說是為了追查兇手，但傅華認為他根本是想找到黎式申手中能證明他犯罪的證據。

根據這些情況，傅華心中有了一個大膽的假設：睢心雄並沒有從黎式申的物品當中找到那份能夠證明他犯罪的罪證。

如果這個假設成立的話，那睢心雄抓捕黎式申親信的行動就能解釋得通了，睢心雄一定是懷疑黎式申將罪證交給了某位親信，因而想通過刑訊逼供的方式，將這份證據給找出來。因此傅華將自己的推測說了出來：

「我覺得睢心雄這麼做是另有目的，他一定是沒找到黎式申拿來威脅他的那份罪證，所以才會抓捕睢心雄的親信的。」

楊志欣轉頭對胡瑜非說：「瑜非，我越發佩服你的眼光了，傅華確實有兩把刷子。」

傅華反問道：「這麼說，我的猜測是對的了？」

楊志欣點點頭，說：「雖然不能百分之百的認定睢心雄抓捕黎式申的親信就是為了找出那份罪證，但據嘉江省傳來的消息說，睢心雄抓捕這十幾個人之後，問的第一句話就是黎式申有沒有讓他們保管什麼東西。」

胡瑜非聽了說：「這就不言而喻了，睢心雄一定是還沒找到那份罪證。傅華，你知道這份罪證究竟是關於什麼的嗎？」

傅華說：「楊書記、胡叔，你們還記得前段時間發生的財政廳副廳長邵靜邦竊取三億資金的案子嗎？」

「我記得，這個案子當時挺轟動的，那個邵靜邦還因此送了命。」說到這裏，楊志欣叫說：「這三億資金該不會是睢心雄拿的吧？」

傅華點了點頭，「是的，據黎式申說，邵靜邦不過是睢心雄的幫凶，是他幫睢心雄從嘉江省財政廳挪走這三億資金的；也是睢心雄承諾保證邵靜邦不死，還會照顧他的家人，才讓邵靜邦承擔了這個罪名。」

胡瑜非不禁納悶地說：「睢心雄既然承諾了，邵靜邦最後怎麼還是死了呢？」

傅華嘆說：「這就是睢心雄心狠手辣的地方了，他為了免除後患，不但沒有履行自己的承諾，反而指示審理案件的法官必須判處邵靜邦死刑，邵靜邦就這樣做了冤死鬼。」

胡瑜非咋舌說：「借法院之手殺人滅口，睢心雄可真是夠陰狠的了，所以志欣啊，對睢心雄一定不能手軟，必須要徹底把他整倒才行，你可要當心打蛇不死，反被其害啊。」

楊志欣臉色嚴肅起來，看著傅華說：「可是睢家根基深厚，要想把睢心雄整倒，沒有過硬的證據是不行的。傅華，黎式申沒說他手裏握有的證據究竟是什麼？」

「他說是一張睢心雄同意讓邵靜邦轉走三億資金的批條，邵靜邦原本想用這個保命，後來看不行，就留給黎式申。黎式申拿這個威脅睢心雄，睢心雄才答應讓他到北江省去做公安廳長的。」傅華回說。

楊志欣思索了一下，說：「我會讓嘉江省的人想辦法找一下這個批條的。誒，傅華，據我所知，黎式申出事前在北京跟你見過面，當時他沒有留下什麼線索，或者是什麼東西給你嗎？」

傅華看了楊志欣一眼，心裏有些不太高興，原來他是在懷疑黎式申把證據交給自己了，但是貿然詢問，又怕會引起自己的反感，所以才會一點點的引導著自己往這個方向走。這個看上去很樸實的人，其實心機跟睢心雄一樣陰沉，而且比睢心雄更能隱忍啊。

傅華搖搖頭說：「楊書記，黎式申那次到北京來，是想查明他有沒有被羅宏明舉報到中紀委，並沒有把睢心雄犯罪的證據交給我保管。」

「真的嗎？」楊志欣盯著傅華的眼睛，懷疑地問道。

傅華對楊志欣的質問越發的不高興了，抗議說：「楊書記，您這是什麼意思啊，難道您懷疑證據在我手裏，我卻不交給您嗎？要是這樣子的話，當初羅宏明寄來的資料我也不會交給胡叔了。」

胡瑜非看到傅華不高興，趕忙打圓場說：「傅華，你別激動，不是志欣懷疑你什麼，而是這件事實在是太重要，他不得不再跟你確認一下而已。」

楊志欣也解釋說：「是啊，傅華，這份證據是能不能徹底扳倒睢心雄的關鍵，我太關心了，所以多問了幾句，沒別的意思，你千萬別放在心上。」

傅華心說：你說得倒好聽，誰知道你心中是不是這麼想的?!

眼前這兩個人都是老狐狸級數的狡猾人物，傅華雖然心中有所警惕，卻不能露出有所不滿的樣子，他現在跟這兩隻老狐狸已經是在同一條船上，面對強勁的睢心雄，只有同心對敵才能有勝算。審時度勢之下，他也只有把心中的不滿壓下去。

傅華就說：「我沒事，楊書記，不過黎式申確實沒留什麼東西給我。」

胡瑜非皺著眉說：「既然證據不在傅華這兒，黎式申的家裏和親信那裏也沒有，那黎式申會把證據放在哪裏呢？」

傅華分析說：「我想黎式申的家裏和他的親信沒有這份證據是很正常的，黎式申是刑警出身，辦案經驗豐富，不會想不到雎心雄會從他的家裏和親信入手尋找這份證據，所以我猜測，這份證據應該是被黎式申放在一個他很信任卻不會引起雎心雄注意的人的手中。」

「黎式申很信任，卻不會引起雎心雄的懷疑，這個人會是誰呢？」胡瑜非自言自語地道。

傅華說：「我們三個人對黎式申的情況都不熟悉，這個人究竟是誰，憑空想肯定是想不出來的。」

胡瑜非便對楊志欣說：「志欣啊，還是動用一下你在嘉江省的關係，查查黎式申的人際圈子，看看有沒有哪個人符合這樣的條件。」

楊志欣點點頭：「我會安排人去查的。」

胡瑜非又對傅華說：「傅華，就像我們急切地想要找到這份罪證一樣，雎心雄肯定也在瘋狂地尋找這份證據。你現在已經成為這件事的核心人物了，我想雎心雄一定也會懷疑黎式申最後是不是把證據託付給你，所以這陣子你的安全將會是一個很大的問題。」

傅華聳了聳肩，無所謂地說：「但是證據真的不在我這裏，睢心雄就是找我也沒用啊！」

楊志欣搖搖頭說：「證據現在不在你這裏，不代表將來就一定不會到你的手裏。雖然不排除有你說的那個人的存在，但是綜合分析下來，我還是覺得這份證據最終還是有可能會送到你手中的。」

傅華卻不這麼認為：「應該不會吧，嚴格來說，我算是黎式申的對手，而非朋友。」

胡瑜非在一旁說：「我同意志欣的觀點，有些情況下，對手比朋友更加值得信賴。如果黎式申真是這樣想的話，那你目前可危險了。」

楊志欣憂心地說：「瑜非，現在傅華絕對不能出什麼問題，你看我是不是調幾名武警過來保護傅華的安全啊？」

傅華趕忙婉拒了：「楊書記，我知道您是關切我的安全，但是調武警過來，這也太誇張了吧？我一個小小的駐京辦主任，如果走到哪兒身後都跟著幾名武警，知道的人會曉得他們是在保護我，不知道的，還會以為我是被抓的罪犯呢。」

胡瑜非也說：「武警是有點誇獎了，志欣，要不這樣吧，我聘用幾名保全公司的保鏢來保護傅華好了。」

傅華擺手說：「胡叔，真的沒必要，我想睢心雄也不敢在北京幹出綁票殺人這種事吧？頂多我最近出入時多注意一下自己的安全就是了。」

傅華正說著，手機響了起來，看看是馮葵的號碼，就趕忙按了拒接鍵。

胡瑜非狐疑地說：「誰的電話啊？」

傅華撒謊說：「單位的，可能有事情找我。」

胡瑜非聽了說：「我和志欣想要瞭解的情況都瞭解的差不多了，你如果有事就先去忙吧。」

傅華想想自己留下也確實沒什麼用，就說：「行啊，楊書記，胡叔，我先走了。」

胡瑜非不忘叮嚀說：「傅華，你這些天一定要注意安全，最好每天都跟我通個電話，讓我知道你的情況。」

傅華笑笑說：「胡叔，你也太過小心了。」

楊志欣附和說：「小心無大錯，你就聽瑜非的安排吧。」

傅華說：「好，那我先走了。」

傅華離開後，楊志欣不禁看了看胡瑜非，說：「瑜非，接下來你覺得我們該怎麼辦啊？」

胡瑜非苦笑著說：「我現在心裏也沒個好主意。志欣，你要讓你嘉江省的朋友加把勁，趕緊把可能藏有睢心雄罪證的那個人找出來，只要找出這個人，一切問題就迎刃而解了。」

楊志欣嘆了口氣，說：「談何容易啊，找這個人猶如在大海撈針，再加上嘉江省現在還在睢心雄的控制之下，我的人也不敢有太大的動作，所以你就不要指望這個了。」

胡瑜非看了看楊志欣，說：「那怎麼辦啊？難道我們就這麼等著證據自己冒出來？」

「等肯定是不行，」楊志欣說：「現在睢心雄已經知道黎式申的事是我們給捅出去的，這雖然可能毀掉睢心雄走進中樞的機會，卻沒動搖睢心雄的根本，我想他一定在想要怎麼報復我。如果換成你是他，你會怎麼做呢？」

胡瑜非思索了一下說：「如果我是睢心雄的話，我一定會集結睢家可以動用的所有力量，全力狙擊你，不讓你更進一步，因為如果你更進一步的話，那睢家短時間內恐怕是沒有翻身的可能了。」

楊志欣點點頭說：「我的看法也是這樣，睢心雄那個人我再瞭解不過，睚眥必報，他畢生都在為走進中樞做準備，卻被我們毀掉了最後的機會，他肯定會想盡辦法報復我們的。所以我們一定要擊潰睢心雄的勢力，不然的話，我們倆今後可就都沒安生日子過了。」

胡瑜非著急地說：「怎麼擊潰啊，找到那份罪證還可以試一試，找不到那份證據，說什麼都沒用啊。」

「其實也不一定非要找到那份證據不可。」楊志欣意味深長地說。

胡瑜非看了看楊志欣，說：「志欣，你這是什麼意思啊，不找到那份證據，根本就不可能扳倒他的。」

楊志欣說：「這我知道，但是一味的去等證據出現，希望太渺茫了，我是想，能不能想辦法引蛇出洞？」

「引蛇出洞，」胡瑜非好奇地問：「怎麼個引蛇出洞法？」

楊志欣說：「這可能就需要借助一下傅華了，我在想，睢心雄會不會像我們懷疑傅華一樣，也懷疑傅華手裏握著黎式申留下的證據？」

胡瑜非說：「睢心雄是個多疑的人，他肯定會這麼想的。不過剛才你也聽到了，傅華說他手裏根本就沒有這份罪證啊。」

楊志欣詭秘的笑了一下，說：「我們知道傅華手裏沒有，不代表雎心雄也知道傅華手裏沒有啊！如果我們透過某些管道讓雎心雄確信傅華手裏握著他的罪證，正待價而沽，你猜雎心雄會做什麼？」

「你的意思，是想讓雎心雄去逼著傅華交出證據來？不行，這對傅華太過危險了。傅華已經幫了我們不少忙，我絕對不能同意讓他再去冒這種險。」胡瑜非立即否決了這個辦法。

楊志欣勸說：「瑜非，你怎麼這麼感情用事啊，如果不這麼做，我們還有別的途徑能夠解決雎心雄嗎？再說，只要事先做好安全措施，傅華不會有太大風險的。」

胡瑜非嚴肅地說：「我可跟你說，不是百分之百能保證傅華的安全，我是絕不會同意你這麼做的。」

楊志欣說：「我會調十名最精銳的武警來北京，二十四小時暗中保護傅華，雎心雄如果真的要對傅華不利，他也不敢動用太多人的；只要不出意外，這十名武警絕對可以保護好傅華的安全的。」

胡瑜非遲疑地說：「這個嘛……」

楊志欣知道胡瑜非還是擔心傅華的安全，就說：「瑜非，沒有什麼事是可以百分之百確定的，我只能說做到最大可能的防範，這次的機會對我來說也是千載難逢的，難道你願意只因為傅華的安全問題，看著我在這個最後的關頭止步不前嗎？」

胡瑜非終於下了決心，點點頭說：「行，志欣，我就跟著你冒這麼一回險吧，不過，你一定要盡力保護傅華啊。」

楊志欣點點頭說：「你放心好了，傅華我也很欣賞的，我也不想看他出什麼意外。」

胡瑜非說：「那是最好了，不過，你想用什麼辦法讓睢心雄相信傅華手裏確實握有他的罪證呢？」

楊志欣笑說：「這簡單，睢心雄在我身邊也安插了人，我只要在那個人面前裝作不小心說漏了嘴，說傅華想要憑著手裏握著的東西跟我開出天價，我想那個人就會把消息透露給睢心雄的，睢心雄肯定會以為傅華握著的東西就是他的罪證了。」

胡瑜非接著猜測說：「睢心雄必然會採取行動逼傅華交出那份證據，到時候可能就會暴露出他犯罪的蛛絲馬跡。」

楊志欣說：「就算他不會暴露自己犯罪的蛛絲馬跡，處理傅華也會牽制他很大一部分精力，這樣他就不可能有太多的精力來狙擊我了。」

胡瑜非不禁佩服說：「志欣，好算計啊，一舉兩得。不過，不管怎麼樣，你都要確定傅華的安全無虞才行。」

楊志欣說：「瑜非，你就不要再跟我強調這一點了。你難道看不出來嗎？我對傅華的安全也極為重視的，現在傅華對整件事情至為重要，他就相當於這盤棋的棋眼，棋眼活，整盤棋才能活過來啊。」

走出胡瑜非家的傅華上了自己的車，這才回撥馮葵的電話。

「你為什麼每次非要撿我在胡叔家的時候打電話給我啊？難道你想要胡叔知道我們的關係嗎？」傅華忍不住說道。

馮葵笑說：「這麼巧啊？我倒是不怕胡叔知道我們的關係，重點是你能不怕嗎？」

傅華告饒說：「我怕，行了吧？」

馮葵哼了聲說：「我看你也沒有膽量公開我們的關係！昨天老大瞪了我們一眼，就把你嚇得膽顫心驚的，更別說公開我們的關係了。」

傅華認錯說：「好了，我都承認我是膽小鬼了，你就別揪著不放啦。說吧，你找我幹嘛？」

馮葵賭氣說：「你還好意思問我找你幹嘛？昨天你放了我鴿子，今天不應該老老實實跑過來補上，當做賠罪啊。」

傅華說：「我這不是在忙著工作，騰不出時間嘛。」

馮葵不滿地說：「哼！你倒是騰得出功夫跑去胡叔那裏，難道胡叔比我重要嗎？」

「喂，胡叔的醋你也吃？」傅華打趣說。

「當然要吃了，」馮葵孩子氣地說：「除了老大以外，我不喜歡有人比我還重要。誒，你現在在哪兒啊？」

傅華說：「我在胡叔家門口呢，剛從他家出來。」

馮葵問：「那你還有什麼非得去做不可的事嗎？」

傅華壞壞地說：「當然有了。」

馮葵質問：「你還有事？什麼事啊？」

傅華笑說：「沒辦法啊，有一個不講理的女人非要我去給她賠罪，我不去還不行，你說怎麼辦吧？」

「嘿，你這傢伙，竟然敢拿我耍著玩！」馮葵叫道：「怎麼辦，這還用說嗎，還不趕緊滾去給她賠罪。」

傅華學了一句京劇：「得令啊。」笑著把電話掛了。

一進馮葵家門，馮葵就撲過來捶著傅華，罵道：「壞蛋，明明知道人家想你，還磨蹭這麼久才來。」

這句撒嬌的話喚醒了傅華全身的熱血，他雙手一掬，把馮葵橫抱了起來，然後走進臥室，把她扔在床上，幾下剝去馮葵身上的衣物，便撲過去壓在她的身上。

馮葵不甘屈服，邊笑邊反抗著叫道：「不行，快放開我，你說過讓我在上面的。」

這時候傅華哪裏肯放開馮葵，用嘴堵住了馮葵的抗議聲，身子在馮葵的體內橫衝直撞著。

隨著傅華的節奏起伏，馮葵的身體變得癱軟，發出醉人的呻吟聲，讓傅華更是熱血直衝腦門，動作也更加的勇猛，直到最終衝上頂峰，精疲力竭，才放開馮葵，喘息著倒在床上。

馮葵打趣說：「你是不是昨晚在老大那裏吃癟了，所以才報復在我身上啊？」

傅華搖搖頭：「那倒沒有。」

馮葵又問：「你們離開後，她就沒再問起我？」

傅華說：「問倒是問了，問我都跟你說了些什麼。我跟她說，你是來恭喜她得獎的，她就沒再說什麼了。」

馮葵接著好奇地問：「那你們沒因為老大得獎，在一起折騰一番，好好慶祝一下？」

傅華油嘴滑舌地說：「當然沒有啦，如果有的話，今天怎麼還有力氣來折騰你啊。」

馮葵聽了說：「你這個壞蛋，就對我耍威風，拿老大就沒轍。」

傅華說：「也不是，昨晚老大因為輸給慕見明，所以得了獎也沒有太興奮。」

「這樣還不滿足?!」馮葵大嘆說：「老公，娶了這樣一個要強的女人真是悲哀啊。」

傅華不禁問馮葵：「換了是你，你會感到滿足嗎？」

「當然不會！」馮葵自傲的說：「我如果要做，一定要做到最好才行。」

傅華搖頭說：「所以我最悲哀的是，不但娶了一個要強的老婆，還找了一個更要強的情人。」

馮葵笑說：「這就沒辦法了，誰叫你就喜歡我們這種類型的女人呢。誒，胡叔找你去幹嘛？」

傅華說：「沒什麼，楊志欣來北京，他讓我去見見。」

馮葵笑說：「不是老大來收小弟的吧？」

傅華回說：「不是，他問我一些雎心雄和黎式中的事，他現在對雎心雄必欲除之而後快，所以想從我這裏找找辦法。」

馮葵聽了說：「他當然對雎心雄必欲除之而後快了，因為雎心雄知道黎式中的事件被揭發出來，與楊志欣和胡叔有莫大的關係，雎心雄現在動員了全部力量狙擊楊志欣，其目的就是他自己進不了中樞，也不讓楊志欣有機會進中樞。」

雎家是紅色家族，根基深厚，真要全力阻止哪個人上位，其力量是不可小覷的。難怪胡瑜非會說打蛇不死反受其害，雎心雄這個害，可能真會折騰得楊志欣不輕呢。

「原來如此，我說怎麼楊志欣會這麼主動跑來見我呢。」

馮葵笑說：「你大概以為他是跑來犒賞功臣的吧？可惜的是，他還沒到能犒賞你這個功臣的時候。現在睢家全力狙擊楊志欣，楊志欣還能不能上這一步就難說了。誒，他從你這裏找到了什麼好辦法沒有啊？」

傅華搖搖頭，說：「他想從我這裏找一份黎式申留下的睢心雄的罪證，他懷疑黎式申上次跑來北京，就是為了把這份罪證讓我保管，可惜的是我並沒有。」

「他懷疑？」馮葵訝異地說：「你是說他連你都信不過？」

傅華點點頭：「這些大人物生性都是很多疑的。誒，小葵，說到這裏，我覺得我們近期最好是少見面，或者不見面的好。」

「怎麼了，」馮葵愣了一下，說：「你不是說老大沒說什麼嗎？還是你覺得良心發現，對不起老大，想要斷了跟我的往來？」

傅華趕忙解釋說：「你別誤會，我對老大是有些歉疚，但是還沒到捨得離開你的程度。我是因為睢心雄！今天楊志欣跟我說，他會懷疑我藏了睢心雄的罪證，睢心雄也會這麼懷疑我的，所以要我注意安全。我倒是沒什麼，但我擔心會禍水東引，牽扯到你身上。」

馮葵這才釋懷：「原來你是在關心我啊，老公你真好。」

傅華說：「這麼說，你同意減少見面了？」

馮葵嘟著嘴說：「不行，那我會想你的。」

傅華正色說：「小葵，你怎麼這麼不理智啊，為了你的安全暫且忍耐一下，這都不行啊？」

馮葵笑說：「我的安全你不用擔心，我有辦法照顧自己的。倒是你，睢心雄上次已經通過黎式申搞過你一次了，我相信他還會再找你的麻煩的，所以你最好是找幾個人暗中保護你一段時間。」

傅華搖搖頭說：「這就沒必要了，這種事是防不勝防的，只能到時隨機應變。楊志欣說要調幾名武警過來保護我，都被我拒絕了，所以你也不用找人暗中保護我，沒用的。」

馮葵擔憂地說：「可是不這樣我會不安心的。」

傅華說：「真的沒必要，我想過了，睢心雄想從我這裏找的是他的罪證，他必然會先想辦法來探尋我手裏是不是真的有這份證據，而我手中確實是沒有這份東西，他自然探尋不到什麼，也就不會有進一步的行動的。」

傅華始終堅信他不會有什麼太大的風險，是因為如果他手裏真有這份證據，他早就交給胡瑜非和楊志欣了，不可能會在黎式申死了這麼久時間還按兵不動，睢心雄不會傻到連這一點都看不出來吧。

不過傅華沒想到的是，有人在背後設計他，故意讓睢心雄認為他確實握有那份罪證。

馮葵不放心地說：「萬一……」

傅華笑說：「哪有那麼多萬一啊，不過暫時我們還是儘量減少見面吧，我現在是在風口浪尖上，各方勢力都在暗中盯著我，別的我不擔心，我只擔心他們會發現我和你的關係。」

馮葵質疑說：「我看你不是擔心讓他們知道我們的關係，你是擔心讓老大知道我們的關係而已，你心中其實還是很在乎老大的。」

「不是的。」傅華趕忙否認。

馮葵反駁說：「什麼不是，那天我在電話裏問你，你怕老大知道我們的關係，連回答都不敢回答，還說不是！」

傅華苦笑說：「我不是不敢回答你，而是不知道該怎麼回答你！我和老大做了這麼久的夫妻，要說我不怕她知道那也是不可能的，但是我和她現在的關係存有很大的問題，她現在只注意她的事業，我早被她邊緣化了，如果被她知道，也許對我們來說未嘗不是一種解脫。」

馮葵聽了說：「我不是要干預你和老大的事，不過，你們倆確實存在著問題。」

傅華無奈地說：「是啊，可是我也沒什麼辦法改變這個狀態。就像你說的那樣，想要改變你們這一類型的女人確實很難，我也不知道該怎麼辦才好。」

馮葵嘆說：「這就是你和老大的問題了，要解決也得你們倆自己解決，我是最不合適參與意見的人。」

海川市政府，副市長何飛軍辦公室。

何飛軍看著來找他的吳老闆，說：「怎麼，找到你想要的項目了？」

吳老闆點點頭，說：「經過綜合比較和實地考察，我覺得這些項目當中，化工賓館是可以好好操作的項目，這個賓館地理位置優越，只要改善一下賓館的設施，我相信很快就會轉虧為盈的。」

何飛軍笑說：「吳老闆，你真有眼光，這些項目中，我也覺得化工賓館是最有利可圖的。行，剩下的事情交給我，我來操作。」

吳老闆高興地說：「那我就等著聽你的好消息啦，你放心，如果拿到這個項目，我一定會好好感謝你的。」

何飛軍趕忙說：「吳老闆，你說這話就見外了吧？」

吳老闆笑笑說：「應該的，應該的。」

何飛軍又問：「誒，吳老闆，歐吉峰的帳，你收得怎麼樣了？」

吳老闆說：「算是順利吧，我委託的公司已經找到歐吉峰，限期他半個月之內將三百萬還給我，歐吉峰已經答應了。」

「答應了？」何飛軍警告說：「吳老闆，你可別上這個無賴的當啊，他這是緩兵之計，絕不會那麼痛快把錢還給你的，小心被這傢伙跑了。」

「想跑?!」吳老闆很有把握地說：「那是不可能的，我委託的那家公司很專業，從找上歐吉峰的那一刻起，他們就會安排人二十四小時盯著他，想跑根本就不可能。跟你說何副市長，我倒是很希望歐吉峰能跑跑試試，因為那樣他一定會被這家公司狠狠地教訓一頓的。我跟這傢伙也算是朋友一場，他居然能下得了手騙我三百萬，想起這個，我的牙根就癢癢的。」

何飛軍笑了起來，說：「看來我們的歐總要有苦頭吃了。」

送走吳老闆後，何飛軍就打電話給國資委出售化工賓館的負責人簡京，想要安排吳老闆拿到化工賓館的事，沒想到簡京卻回說：

「何副市長，我恐怕無法按照您說的去做，因為姚市長已經打過招呼了。他讓我們賣給一個來自乾宇市的李衛高先生。」

「姚市長已經打過招呼了？」何飛軍一聽就火了，心說：姚巍山你這個混蛋，你調整我工作的帳我還沒跟你算呢，你居然還敢來插手我分管的業務，真是不知死活，當我何飛軍是吃素的啊？

何飛軍鬧過自殺之後，也算是在鬼門關上走過一遭的人了，有過這樣子的經歷，再加上姚巍山、孫守義事後對他的忍讓，讓他的膽子一下子大了許多。總覺得老子都拿命玩過了，還怕你們這些龜孫幹什麼啊?!

何飛軍叫道：「姚市長打過招呼又怎麼樣，這塊工作是姚市長分管的還是我分管的？要不以後你直接找姚市長彙報工作好了！」

簡京心想：你們神仙打架，別拿我們小鬼出氣啊，無奈地說：「何副市長，我不是這個意思，我當然是直接聽從您的領導，不過姚市長既然打過招呼了，我們這些下邊的人也不好辦不是？要不，您跟姚市長說一聲？」

「我跟他說不著，你看著辦吧。」何飛軍說完，啪地一下就扣了電話。

何飛軍的意思很簡單，把難題交給姚巍山去處理，他要看看姚巍山有沒有膽量把化工賓館硬從他手裏搶走。如果姚巍山膽敢這麼做，他就豁出去大鬧一場，把整件事給揭發出去，讓大家知道這個代市長還沒正式當上市長就開始以權謀私了。

姚巍山現在正是市長轉正的關鍵時刻，容不得半點閃失，何飛軍打賭姚巍山絕不敢硬把這個化工賓館從他手裏搶走，所以才會直接扣了簡京的電話。

第三章

好時代

單燕平笑笑說：
「我們趕上了一個好的時代，讓我們這樣的平民子弟
也有機會坐在五星級的大酒店裏享受美味大餐。」
傅華說：「我們確實是趕上了一個好的時代了。
來，老同學，歡迎你，這杯酒我敬你。」

簡京放下電話後，心想只好把何飛軍插手要爭奪化工賓館的事彙報給姚巍山再說。姚巍山就讓簡京去他的辦公室。

「姚市長，有件事我必須要請示您一下才行。剛才我接到何副市長的電話，他要我將化工賓館出售給一位姓吳的老闆。」

姚巍山的臉色難看了起來，他現在最不願意去惹的人就是何飛軍，偏偏何飛軍不知道中了什麼邪，不斷地給他找麻煩。

他已經答應幫李衛高拿下化工賓館了，沒想到何飛軍卻橫插一槓，也想染指化工賓館。姚巍山暗叫倒楣，自己怎麼會遇到這麼個無賴呢？

姚巍山看了一眼簡京，說：「你是怎麼答覆何副市長的？」

簡京苦笑了一下，說：「我跟他說您也推薦了一個買家，暗示他不要再來爭這個化工賓館，哪知道他說這一塊工作是他分管的，您不該插手過來。我說讓他跟您彙報，他居然說讓我看著辦，然後扣了電話。」

姚巍山聽何飛軍竟然這麼不把他放在眼中，還在下屬面前這麼蔑視他，真是氣得一佛升天二佛出世，一拍桌子罵道：「何飛軍這個混蛋，簡直欺人太甚，他真當別人不敢拿他怎麼樣啊？」

簡京看了看姚巍山，說：「姚市長，您看這件事情應該怎麼辦？」

要是按照姚巍山以往的脾氣，他肯定會跟何飛軍硬抗到底，但他現在還是個代市長，沒有底氣去跟何飛軍鬧騰，只能眼睜睜地被何飛軍這個無賴吃得死死的。

姚巍山憋屈地說：「算了，你就當我沒提過這件事好了，就按照何飛軍的意思去辦吧。」

簡京看姚巍山低下頭，不敢直視他，便也洩了氣，沒精打采地說：「好，姚市長，那我回去了。」

簡京走了很長一段時間，姚巍山都沒抬得起這個頭來。他本來是想在海川做出一番政績給馮玉清看，好好揚眉吐氣一番的，結果卻被何飛軍這個無賴鬧得灰頭土臉，甚至比他在乾宇市不得志的那些日子更加窩囊，這讓他怎麼繼續做這個代市長啊？

這個狀態不能持續下去，不然他在海川政壇將會毫無威信可言。要想改變這個狀態，首先就是要除掉何飛軍這個無賴。只是現在姚巍山目前毫無頭緒，而且，沒有完全的準備，姚巍山也不敢貿然的挑釁何飛軍，他怕打不著狐狸反惹一身騷。

幸好姚巍山不得志多年，隱忍功夫算是修煉得不錯，他決定暫且讓何飛軍先囂張著，一切等他代市長的「代」字去掉再說，那時候他就可以放開手腳來收拾何飛軍了。

何飛軍這邊可以暫且放下，還有一個麻煩姚巍山需要儘快解決，那就是李衛高。原本姚巍山答應李衛高拿下化工賓館，現在化工賓館被何飛軍搶走了，他必須儘快跟李衛高說一聲。

姚巍山就撥通了李衛高的電話，歉意地說：「老李，有一件事我需要跟你說一聲，化工賓館恐怕我無法幫你拿到了。」

李衛高顯然對此沒有心理準備，過了好一會兒才說：「怎麼了，姚市長，我們不是都說得好好的嗎？怎麼突然就不行了呢？」

姚巍山為難地說：「本來是沒什麼問題的，但是我們市裏那位無賴的副市長何飛軍突然插手，要幫另一個吳老闆拿這個賓館。你也知道，我現在是敏感時期，不敢跟何飛軍硬碰硬，所以只好對你說聲抱歉了。」

「何飛軍？」李衛高念叨說：「就是那個在你們市委書記辦公室鬧自殺的傢伙？」

姚巍山說：「對，就是他，這傢伙在孫守義辦公室撞桌子沒撞死，反倒把膽子給撞大了，現在處處跟我對著幹，我還不能跟這個無賴一般見識，真是讓我頭疼啊。」

李衛高聽了說：「這傢伙的情況我知道了，那個姓吳的老闆又是怎麼一回事啊？」

姚巍山說：「這個我也不清楚，他好像不是海川本地人，以前也沒在海川做過什麼生意，我也是剛剛知道這傢伙的。」

李衛高說：「那他跟何飛軍之間是怎麼一回事，你也不知道嘍？」

姚巍山回說：「不知道。誒，老李，你問這個幹什麼？」

李衛高說：「當然是想看看是什麼人敢從我嘴裏搶肉吃了！跟你說，姚市長，為了購買這個化工賓館，我已經做了不少的準備工作，包括融資貸款等等，現在突然被別人搶走了，我這些工作可就白做了，損失可是不少啊。」

姚巍山有些擔心李衛高跟何飛軍那些人鬧起來，就說道：「老李，你要收拾何飛軍和那個吳老闆我沒意見，不過，能不能先等等，等我這個代市長轉正了再說。」

李衛高笑了笑說：「姚市長，你別擔心我會鬧事影響你，我只是想摸摸對方的底罷了。」

姚巍山這才鬆口氣，說：「你先摸摸底也好，你放心，這件事我不會就這麼算了的，等我這個市長轉正之後，我會想辦法幫你找補回來的。」

李衛高忿忿地說：「那可要好好收拾一下這個何飛軍，這傢伙想幹什麼啊，騎在你頭上拉屎啊？」

姚巍山氣憤地說：「他就是知道我在敏感時期不敢跟他硬碰，所以才會這麼囂張的。先讓他這麼鬧騰著吧，會有他哭的時候！老李啊，這次的事我挺不好意思的，化工賓館既然不行，你再看看有沒有別的什麼項目適合你發展的吧，有的話我還是會幫你的。」

李衛高笑了笑說：「好吧。」

北京，海川大廈，傅華辦公室。

傅華剛坐下來不久，就看到單燕平推門走了進來。

傅華問：「老同學，什麼時候到北京的啊？」

單燕平說：「昨天下午到的。」

傅華說：「你也真是的，怎麼不打個電話讓我去機場接你呢？」

單燕平笑笑說：「我也不是什麼官員，一介小老百姓哪敢勞動你大主任啊？」

傅華自嘲說：「什麼大主任啊，就是個給人跑腿的官而已。駐京辦本來就是為了服務海川在京人士而設的，所以以後在北京有什麼需要駐京辦幫忙的，不要客氣，直接找我就是了。」

「你這話我記住啦，」單燕平說：「可別以後打電話過來，你推三阻四的啊？」

傅華笑說：「絕對不可能，且不說這是駐京辦的職責，就是單衝著我們是老同學，我也不會這麼做的。」

單燕平聽了說：「說起老同學來，我以後要常駐北京，大家就要常來常往了，你是不是把夫人約出來讓我見見面啊，話說我還沒見過你太太是個什麼樣子呢。」

傅華說：「可以啊，找個時間我請你吃飯吧，盡盡地主之誼。」

單燕平高興地說：「好啊，不過我這次在北京待的時間不長，而且行程安排得很滿，就明晚有時間，是不是能安排在明晚？」

傅華說：「這我可不敢答應你，我要問問她才行。」

傅華就打電話給鄭莉，問她明天晚上的時間行不行。

鄭莉看了一下行程，說：「不行啊，我明晚要參加一個設計師的新品發表會，人家特別邀請我去做嘉賓的，走不開。能不能改天啊？」

傅華說：「那算了，她就明晚有空。」

打完電話，傅華只好對單燕平說：「不好意思啊，她有事走不開。」

單燕平笑說：「老同學，想不到你夫人比你還忙啊。也沒什麼不好意思的，是我來的時機不巧而已。這樣吧，等下次我來北京再約她見面吧。」

傅華說：「可以啊。誒，老同學，我老婆來不了也不妨礙我請你啊，就定明晚吧，我請你吃飯，給你接風洗塵。」

單燕平爽快地說：「也好，不過，就我們兩個人似乎冷清了一些，老同學，你能不能幫我把那個許彤彤和尹章給約出來啊？你知道我從小就對搞電影的很崇拜，總想找機會接近一下。」

傅華為難地說：「這個嘛，我跟他們也不是很熟……」

單燕平說：「老同學，你就幫我爭取一下嘛，再說，就我們兩人一起吃飯也沒什麼意思不是？」

傅華磨不過單燕平的面子，只好說：「尹章我沒辦法約，許彤彤我倒是可以試著約約看。」

單燕平笑說：「也行啊，你就幫我約約看吧。」

傅華就打電話給許彤彤。

許彤彤接了電話很高興，說：「傅哥今天怎麼居然會打電話給我？」

傅華笑了笑說：「誒，最近在忙什麼啊，有沒有接什麼新片啊？」

許彤彤回說：「沒有，公司說要看你們那部宣傳片出來的效果如何，再來決定讓我接戲。」

傅華聽了說：「公司這是為你設想，你現在還是一個新人，就算有人找你拍片，角色、片子的品質都不會很好，他們是希望這部宣傳片能讓你一炮而紅，之後，你可就是大明星了，再去接片子就和現在不可同日而語了。」

許彤彤說：「這我知道，只是傅哥，你說我真能紅嗎？」

傅華笑笑說：「怎麼，你對自己沒信心？」

許彤彤說：「一開始我對自己很有信心，不過越等下去，就越是懷疑自己到底行不行了。」

傅華鼓勵她說：「放心吧，彤彤，你絕對是一流的，只要看過那部宣傳片的人一定都會記得裏面那個漂亮清純的女孩，你一定會大紅特紅的。」

「真的嗎？」許彤彤高興地叫了起來，說：「這下子我對自己又有信心了。」

傅華笑笑說：「誒，彤彤，明晚你有空嗎？」

許彤彤說：「沒什麼事，我最近一直悶在宿舍裏。」

傅華說：「那別悶著了，出來吃飯，放鬆一下吧。」

「好啊，」許彤彤問道：「就我們倆人嗎？」

傅華心說：我一個人可不敢招惹你，便說：「不是，你還記得上次在海川見過的我的同學嗎？」

許彤彤想了想說：「就是那個興海集團的單董啊，記得啊。」

傅華說：「她到北京來了，我要請她吃飯，想麻煩你作陪。」

許彤彤略顯失望的說：「原來是這樣啊，我還以為你要單獨約我吃飯呢。」

傅華笑笑說：「就當幫我一個忙，可以嗎？」

許彤彤說：「你都開口了，我能說不可以嗎？」

「那我明晚去接你。」

掛了電話，單燕平衝著傅華豎起了大拇指，說：「老同學，你哄女孩子還真有一套啊，又溫柔又體貼，我聽了都覺得心動不已。」

傅華笑罵說：「別來挖苦我了！對了，你晚上住在哪裏啊？」

單燕平說：「我住崑崙飯店，老同學，你可別生氣啊，不是我不想來你們海川大廈住，而是我辦事的地方正好離崑崙飯店比較近。」

傅華說：「好了，不用解釋了，我也知道海川大廈的檔次離崑崙飯店差得很遠，我不介意的。既然你住崑崙飯店，那我們明天晚上就在那裏的頂峰俱樂部吃飯吧。」

單燕平笑了起來，說：「你挺會選地方的嘛，那裏確實是個約會的好地方。」

頂峰俱樂部位於崑崙飯店的頂樓，是北京唯一一個能夠三十六度旋轉的餐廳。日落時分，點上精緻的美食，然後享受著北京的落日餘暉、霓虹閃爍等美景，鮮有女孩子不會為這份浪漫而沉醉的。

傅華點這裡只是恰好而已，並沒有刻意為了討好許彤彤，便說：「老同學，你別老往這上扯，我那是方便你而已。」

單燕平聳了聳肩說：「那行，我們明晚頂峰俱樂部見了。」

第二天晚上，傅華去接了許彤彤，見面時，傅華開玩笑說：「不好意思，彤彤，我可沒有邁巴赫能夠開來接你啊。」

許彤彤笑說：「好了傅哥，你別拿我尋開心了，行嗎？」

兩人就一起去了崑崙飯店，一進門，許彤彤就被飯店大廳的設計震撼到了，忍不住說：「這麼漂亮啊！」

傅華笑說：「彤彤，你是第一次來啊？」

崑崙飯店大廳的設計很獨特，背景是現代藝術形式表現出來的巍巍崑崙山，既展現了恢弘氣勢，也充盈著前衛而浪漫的格調，風格現代又時尚，第一次來確實會有一種震撼的感覺。

許彤彤點點頭，羞澀地說：「我還是個新人，沒有多少出席這種豪華場所的機會。」

「咦，這不是傅主任嗎？」

正當傅華和許彤彤說著話的時候，身後突然有人說道。傅華回頭一看，就看到睢才燾挽著一個二十多歲的女子也走進了崑崙飯店。

那名女子衣著華貴，氣質高雅，一副大家閨秀的風範，傅華雖然不認識她，但也知道這個女人的來歷絕不簡單。看來睢才燾在跟高芸分手後，又迅速找到了新的目標。

傅華不太願意搭理雎才燾，但是人家既然開口跟他打招呼了，他也不好不回話，就說：「原來是雎少啊，這麼巧也來吃飯啊？」

雎才燾帶著蔑視的口吻說：「是啊，傅主任，我也來吃飯。誒，這個崑崙飯店消費還挺高的，你一個小小的駐京辦主任負擔得起嗎？別到時候買不起單就尷尬了。」

傅華還擊說：「雎少真是健忘啊，本來我是消費不起的，但我不是走運贏了雎少一次嗎？我想那筆錢夠我在崑崙飯店吃住個十年八年的吧。」

雎才燾的臉紅了一下，強笑著說：「我倒忘了這件事了，你那次是走運，有胡東強在背後撐著你，不然的話，你連開我牌的資格都沒有。」

傅華笑說：「雎少，不要找理由了。反正我是贏家，你想不承認也不行啊。」

「那只是你僥倖而已，我根本就不服！」雎才燾冷笑一聲，說：「不過有一點我倒真佩服你，你真是豔福不淺啊，明明家裏有老婆了，還在外面風流快活，這又是從哪裏騙了個漂亮女孩子來啊？高芸那個臭女人呢，不會是玩厭了被你甩了吧？」

「雎才燾，你嘴巴放乾淨一點。」傅華看雎才燾辱罵高芸就有些火了，忍不住呵斥道。

睢才燾輕蔑地說：「我嘴巴不乾淨嗎？我覺得很乾淨啊，傅華，我說的難道不是事實嗎，高芸那個臭女人明明在跟我交往，卻私下跟你勾三搭四的，我這麼罵她還是輕的呢！怎麼，我罵她你心疼啊？她這種爛貨估計也只有你能看得上眼。」

傅華看睢才燾一口一個臭女人的罵高芸，越說越不像話，本來他並不想去招惹睢才燾，但看來不教訓一下這個傢伙是不行了。

傅華腦筋一轉，想到了一個捉弄睢才燾的辦法。

傅華看了睢才燾一眼，不怒反笑地說：「睢少啊，你是不是覺得你罵高芸，心裏就爽了啊？何必呢，人家不就是跟你分手了嗎？又沒占你什麼便宜，你大度一點好不好啊？再說了，分手的責任又不在高芸身上。」

睢才燾不知道傅華這是設下圈套等著他往裏跳呢，自顧自地叫嚣說：「什麼叫責任不在高芸身上，難道在我身上嗎？明明是你們倆暗地裏勾三搭四的，對不起我……」

「好了，睢少，」傅華攤了攤手，打斷睢才燾的話說：「你可千萬別衝動，趕緊平靜一下情緒，你可別忘了，你一衝動，那種毛病就會發作的。」

「平靜你個頭啊，」睢才燾越發地火大，指著傅華嚷道：「你他媽才有毛病呢。」

這時，飯店的保安看這邊像是要吵起來的架勢，趕忙過來擋在睢才燾面前，伸出一隻手示意睢才燾停下來。

「先生，請你克制一下自己的情緒，這裏是公共場合，請不要喧嘩。」

睢才燾正在火頭上，聽保安制止他，簡直就是火上澆油，他自小驕橫跋扈慣了，一把將保安伸在他面前的手打到一邊，叫道：「滾一邊去，克制個屁啊，你真的以為我有病啊。」

這時睢才燾的女伴看睢才燾有點失態，趕忙拉了睢才燾一把，勸道：「才燾，你先冷靜一下，有什麼話不能好好說啊？」

女伴的阻攔讓睢才燾恢復了一點理智，這才不再那麼衝動，說：「我沒事，都是被姓傅的這個混蛋給氣的。」

保全看睢才燾被女伴安撫住了，就在一旁觀察著。

沒想到這時傅華卻故意對睢才燾那個女伴叫道：「誒，小姐，你最好小心一點，我朋友說睢才燾有躁鬱症，如果發作起來會打人的，特別是會打女人，你小心別被他打傷了。」

睢才燾剛剛壓下的火氣再次被傅華挑了起來，吼叫了起來：「傅華！你個王八蛋，你才有躁鬱症呢，我今天非教訓你不可。」

睢才燾的女伴看睢才燾的情形不對，手上加了把勁，喊道：「才燾，你別上他的當……」

睢才燾此刻血衝到腦門上，哪還聽得進去女伴的話，他用力一揮，一把將女伴拉他的手甩開，然後揮舞拳頭直奔傅華而來。

傅華一看情形不好，快步後退。這時那個一直在旁邊觀察睢心雄的保全看睢心雄一副要打人的姿勢，上前一步擋在傅華和睢心雄中間，睢心雄一看保全擋路，一拳直搗保安的眼眶而去。

要說飯店的保全都受過專業的訓練，側頭讓過睢才燾的拳鋒，順勢往前一帶睢才燾的胳膊，同時腳下也沒閒著，伸腳一絆睢才燾的腳，整個動作一氣呵成，睢才燾失去了身體的平衡，啪地一下摔倒在地。保安順勢騎到睢才燾的身上，把他的胳膊往後用力一扳，控制住睢才燾，不讓他隨便亂動。

此時睢才燾那個女伴被睢才燾用力一推，也被摔倒在地，傅華就走到那個女子面前，很紳士的伸手要拉女子起來。

女子瞪了傅華一眼，說：「我自己會起來，不用你裝好人，別以為我不知道你是故意激怒他的。」

傅華收回手，笑著說：「不管怎樣，你還是小心點，我看睢才燾現在的樣子完全是躁鬱症發作了，小心他傷到你。」

女子瞪了傅華一眼，說：「要你管。」

女子站了起來，快步來到保全面前，說：「保安先生，請你放開我的朋友，你放心好了，他不會再鬧事了。」

保安看了女子一眼說：「你最好還是帶這位先生離開這裏，別讓他妨礙了別的客人。」

女子點點頭說：「只要你放開他，我們馬上就離開。」

保安就放開了睢才燾，睢才燾爬了起來，還不肯善罷甘休，作勢就要再次衝向傅華。

那個女子火大地叫道：「睢才燾，你想幹嘛，你不嫌丟人我還嫌丟人呢。」說完，也不管睢才燾，轉身就走出了飯店。

睢才燾惡狠狠地瞪了傅華一眼，叫道：「姓傅的，今天的帳，遲早有一天我會跟你算的。」就轉身出去追那個女子去了。

許彤彤這時走到傅華的身邊，低聲問道：「傅哥，這個男人是誰啊，怎麼這麼囂張啊？」

傅華笑說：「人家有囂張的本錢，他爸爸就是嘉江省的省委書記睢心雄。」

許彤彤愣了一下，說：「他是睢心雄的兒子？」

傅華說：「對啊，這塊土地上姓睢又能這麼囂張的人可不多。」

許彤彤詫異地說：「不應該啊，我聽說睢心雄是個好官，既廉潔又能幹，很多人都說他很好呢，他兒子怎麼會是這麼副德行啊？」

傅華笑了起來，說：「睢心雄的好官形象完全是作秀做出來的，是假的，你看睢才燾的樣子，就會明白睢心雄是什麼德行了。」

這時傅華的手機響了，是單燕平打來的，傅華知道單燕平在上面等得有些急了，就接通說：「老同學，我們就在樓下呢，馬上就上去。」

掛了電話，傅華帶著許彤彤進了電梯。

在電梯裏，許彤彤好奇地問道：「傅哥，你剛才說贏他的錢夠你在崑崙飯店住上十年八年的，究竟你贏了他多少錢啊？」

傅華當時只是想氣氣睢才燾的，沒想到他的話卻被許彤彤給聽了進去，只好笑笑說：「我告訴你可以，可是不要跟別人講，就兩千多吧。」

「兩千多？」許彤彤眼睛瞪圓了，驚訝的說：「你的意思是說，睢才燾一把輸給你兩千多萬？」

傅華說：「別這麼大驚小怪的好不好？」

許彤彤臉紅了一下，說：「我實在是太驚訝了，兩千多萬很多人一生都賺不到的，他居然一把就輸給你了，這傢伙得多有錢啊？」

傅華笑說：「這下子你不說睢心雄是好官了吧？」

許彤彤堅決的搖搖頭，說：「不說了，好官不可能讓兒子一下子輸掉兩千多萬的。誒，傅哥，那個高芸又是誰啊？聽起來你還挺護著她的，她跟你是什麼關係啊？」

傅華不禁失笑說：「你還挺八卦的嘛。」

許彤彤笑說：「我是覺得你們兩個大男人為她這麼爭吵，這個女人一定不簡單。」

傅華澄清說：「你可別瞎說，我沒有跟睢才燾爭高芸，是睢才燾以為我在跟他爭而已。」

許彤彤追問道：「那這高芸究竟是你什麼人啊？」

傅華說：「就是一個關係不錯的朋友而已。」

許彤彤聽了，曖昧地說：「是跟葵姐一樣的朋友嗎？」

傅華笑了笑說：「我跟高芸也算是不錯的朋友，不過還沒熟到跟你葵姐一樣的程度。至於雎才燾為什麼對我有意見，是因為高芸曾經跟雎才燾交往過一段時間，但是後來散了。」

許彤彤睜著大眼說：「是因為你才散了吧，傅哥？」

傅華沒有否認，說：「算是吧，所以雎才燾才會這麼恨我。」

說話間，到了頂峰俱樂部，單燕平看到傅華，立即埋怨說：「老同學，你怎麼這麼晚才來啊，這可不是待客之道啊。」

傅華抱歉說：「對不起啊，老同學，本來早到了，卻遇到一個討厭的傢伙糾纏了我一會兒，所以就來晚了，一會兒我自罰一杯當賠罪好了。」

「討厭的傢伙？」單燕平問道：「什麼人啊？」

許彤彤在一旁說：「是嘉江省省委書記雎心雄的兒子，那傢伙看到傅哥就嘲笑傅哥，還罵傅哥的朋友，惹得傅哥很生氣，就故意去激怒他，說他有躁鬱症，害他被保全修理了一頓，最後被趕出飯店。」

傅華抗議說：「彤彤，你怎麼能這麼說我啊，我說錯了嗎？剛才雎才燾的樣子難道不像躁鬱症嗎？我提醒他的女伴也是為了她好啊。」

單燕平聽了笑說：「好了老同學，你別裝好人了，在學校的時候你就是個調皮鬼，表面上一本正經，實際上肚子裏整人的主意真是又餿又多。」

傅華反駁說：「我有嗎？你可別瞎說，破壞我的形象啊。」

單燕平笑了起來，說：「還形象呢，我有冤枉你嗎？你別以為我不知道班主任家的玻璃是你偷偷給砸的。」

傅華趕忙揮著手說：「誒，老同學，別說了，這都是陳芝麻爛穀子的事了，別再倒騰出來了。」

許彤彤訝異地說：「傅哥還砸班主任家玻璃？誒，單董，這是怎麼一回事啊？」

單燕平說：「是這麼一回事，我們班主任住在學校的四樓，不知道怎麼惹上了這傢伙了，他就做了一把彈弓，半夜的時候把主任家的玻璃給打碎了。班主任想了半天也沒想明白玻璃是怎麼被打碎的，嚇壞了，還找學校警衛室的人去破案，結果折騰了好幾天也沒查出是怎麼一回事。」

單燕平說到這裏，看了看傅華，笑說：「老同學，我說的是事實吧？」

傅華不好意思地承認說：「是事實，不過那個班主任也是活該，那時候學校要求每個學生在暑假後都要交一些槐樹種子給學校，那時候我常沒法完成任務，每次班主任都會點名批評我，還讓我站起來罰站，讓我在班上好長時間抬不起頭來。」

單燕平說：「原來你是因為這個才對他有意見的。我聽說有的同學甚至是花錢去買槐樹種子才完成任務。」

傅華嘆說：「我就不行了，我家狀況不好，父母身體也不行，沒有錢，也沒人幫我，所以總完成不了任務。他不體諒我的難處也就罷了，還要點名批評我，我一個小學生也是要面子的。」

回憶起往事，兩人不禁都有人事全非的感覺，單燕平感慨地說：「老同學，你那時候有想過有一天我們會坐在北京的崑崙飯店看著夜景，吃著大餐嗎？」

傅華笑說：「當然沒有啦，還吃什麼大餐，那時候能吃頓餃子就是過年了。」

單燕平笑笑說：「是啊，應該說我們趕上了一個好的時代，讓我們這樣的平民子弟也有機會坐在五星級的大酒店裏享受美味大餐，也可以通過自己的努力打造出自己的一片天空來。」

傅華說：「就這一點來說，我們確實是趕上了一個好的時代了。來，老同學，歡迎你到北京來發展，這杯酒我敬你。」

傅華就和單燕平碰了碰杯，各自喝了一口酒。

放下杯子後，傅華說道：「我們這屆學生當中，你應該是發展得最好的一個，興海集團在我們海川已經算是大集團了，將來我相信你會把它發展得更好的。」

單燕平說：「不要這麼講，你其實也不差啊。」

傅華搖搖頭說：「我在駐京辦就是成天瞎忙，做的都是一些雞毛蒜皮的事，哪像你開創出一份實實在在的事業啊！說實話，我是很佩服你的。」

單燕平說：「從事業的角度上看，駐京辦是算不上什麼事業，不過老同學，這不是說你做不到像我這樣的一份事業。在學校的時候，我就認為你是我們這一屆學生中最優秀的一個。」

傅華自我解嘲說：「老同學，你別開我的玩笑了，最優秀的就我現在這樣啊？」

單燕平說：「你不是沒本事，而是還沒有機會施展你的抱負，乾脆你別幹這個駐京辦主任了，來興海集團吧，你放心，我不是讓你過來打工，我是要讓出一部分股份給你，大家一起做老闆，一起把興海集團發展壯大。」

傅華搖搖頭，說：「我對儲運這一塊又不熟悉，老同學，謝謝你這麼看得起我，但我還是老老實實地做我的駐京辦主任吧。」

單燕平笑說：「老同學，我知道你是覺得興海集團這座廟太小了，還不足以吸引到你。不錯，現在的興海集團規模是小了點，但是我告訴你，我有信心把它發展成北京數一數二的大公司，未來的興海集團，業務將不僅限於儲運這一塊，還將涉及到房地產、影視娛樂等諸多方面。」

說到這裏，單燕平轉頭看著許彤彤，說：「彤彤，我很看好你啊，等我的娛樂公司成立後，我會投鉅資打造你的，到時候我會請最好的導演，找最好的男演員來給你配戲。誒，你最喜歡的男演員是誰啊？」

許彤彤想了一下，說：「我最喜歡梁朝偉，他的眼神太迷人了。」

單燕平笑說：「梁朝偉帥是帥，不過有點老了，你一定是有戀父情結，你喜歡成熟穩重的也行啊，就選梁朝偉好了，導演就選尹章，先製作一部大片出來。」

許彤彤遲疑地說：「可是單董，我已經跟天下娛樂公司簽約了。」

單燕平說：「這不成問題，我可以跟天下娛樂合作嘛。」

傅華聽了，心想娛樂圈的水深著呢，可不是你想涉足就能涉足的，單燕平就像那些煤老闆一樣的暴發戶，以為有錢什麼都能搞定。不過他不想掃單燕平的興，便說：「老同學，你的規劃還真是宏大啊。」

單燕平笑笑說：「不僅僅是規劃，有些我已經落到實處了。老同學，祝賀我吧，我已經將灘塗地塊項目給拿下來了。」

傅華有些錯愕，灘塗地塊這個項目，和穹集團曾經爭取過很長一段時間，但都是無功而返，沒想到單燕平一出手就輕易地將它拿了下來，看來單燕平在中儲運的影響力非同小可。

傅華佩服地說：「老同學，這可真要恭喜你了，這個項目如果運作好，一定是很賺錢的。」

單燕平保留地說：「那也要運作好了才行啊。老同學，我聽說你曾經幫一家公司爭取過這個項目，所以你才會知道這個項目很賺錢，是吧？」

傅華搖搖頭說：「我可沒幫什麼公司爭取過這個項目，是有一家公司跟我聊過這個項目，所以我多少瞭解一些相關的情況。你要有心理準備，灘塗地發展房地產，各方面的要求都比正常的地塊要複雜很多，難度不小啊。」

「老同學，看來你對這塊地還真是很瞭解，要不你來跟我合作運作這個項目吧。說實話，我現在手裏不缺資金，最缺的是能幫我撐起場面的專業人才。」單燕平很有誠意地說。

單燕平說的是實情，興海集團這些年通過儲運行業積累了不少的資金，但是要想像單燕平所想的，把產業多元化，光有資金是不行的，沒有專業的人才支撐，根本就不可能做到。

不過傅華並沒有想要去興海公司發展的念頭，便笑笑說：「老同學啊，你真是太瞧得起我了，我可沒這個本事。」

單燕平還想說服傅華，正好招牌菜紅燴牛尾送了上來，傅華就對許彤彤說：「彤彤啊，來這裏一定要品嘗一下這道菜，肉質鮮嫩多汁，酸辣鹹甜香五味俱全，很考究廚師的功力。」

單燕平也是識趣的人，見傅華認真的在跟許彤彤講解菜色，知道傅華這是借此不讓她繼續再提加入興海集團的邀約，她也就閉上嘴不再勸傅華了，轉而品嘗起美食來。

晚宴結束時，單燕平跟傅華告別，說：「老同學，我忙完北京的事就會回海川，有些話就等我把興海集團的總部搬到北京來再聊吧，我就不特別跟你道別了。」

傅華說：「行啊，我也不送你了，期待你們興海集團能早日搬到北京來。」

單燕平又跟許彤彤說：「彤彤啊，等我們總部搬過來之後，我們再好好談一談合作的事宜，這次就先這樣了。」

許彤彤甜笑說：「那再見了單董，期待能跟您合作。」

第四章

一魚兩吃

傅華大嘆說：「這簡直是一魚兩吃，
當初喬玉甄透過關係，將修山置業溢價賣給中儲運，
現在單燕平再透過關係將灘塗地塊折價買走，
一來一回都被人賺了大筆的錢去，
這些蠹蟲們的吃相可真夠難看的。」

跟單燕平分手後，傅華送許彤彤回宿舍。

在路上，許彤彤忍不住問傅華：「傅哥，你說單董會不會真的投資我，拍一部大片啊？」

傅華說：「這個我可說不準，不過她總是一個集團的老闆，應該不會撒謊騙人的吧。」

許彤彤說：「那你覺得我到底要不要接受她的投資，跟她合作呢？」

傅華笑說：「別問我啊，這個恐怕要你自己來下判斷，你認為自己該不該跟她合作呢？」

許彤彤猶豫不決地說：「我一個新人，能有拍大片的機會，當然是求之不得的。不過，我總覺得這件事似乎沒這麼簡單，我連一部能拿得出手的作品都沒有，單董怎麼會這麼好心投下鉅資打造我呢？這讓我有點找不到合理的解釋。」

傅華猜說：「也許是她慧眼識明珠，看出了你是一個潛力無限的優秀演員呢？」

許彤彤反駁說：「才不是呢，我看單董根本就不懂娛樂業，我是不是有潛力，她怎麼會看得出來?!而且，我覺得你對你這位老同學似乎也不是那麼信任，所以我有些不敢接受。」

傅華納悶地說：「你從什麼地方看出我對她不信任了？」

許彤彤笑了起來，說：「傅哥，我雖然年紀小，但你也不要當我是傻瓜好不好？你要是信任她，也不會她提出要你去興海集團工作，你連想都不想就拒絕吧？」

許彤彤能看到這一層，還真是不簡單。傅華說：「你的眼睛倒挺銳利的。實話跟你說吧，我對這位老同學其實並不是很熟。」

許彤彤詫異地說：「你們不是老同學嗎，怎麼會不熟呢？」

傅華解釋說：「是老同學不假，不過這些年我們一直各忙各的，根本就沒什麼聯繫，所以她是怎麼發家的，她要進軍娛樂圈究竟是真是假，目的何在，這些我都不清楚，你要我怎麼信賴她啊？」

「原來如此，」許彤彤難以抉擇地說：「那傅哥，我要怎麼辦，到底是接受還是不接受啊？」

傅華笑笑說：「這個你就要根據實際情形再決定了。不過，我不熟悉我這位老同學，不代表她就是個騙子，興海集團在海川是一家相當不錯的公司，單燕平的確是有投資你的實力。」

許形形想了想，點點頭說：「傅哥，我明白你的意思了，到時候我會根據具體情形再來判斷的。」

第二天上午，高芸來到傅華的辦公室，一進門就說：「傅華，你可真是害人不淺啊。」

傅華愣了一下，不清楚高芸為什麼會這麼說，不過看高芸是帶著笑意說這句話，不像真的生氣的樣子，就笑了笑說：「我怎麼得罪你啦？高大小姐。」

高芸假裝生氣地說：「剛才睢才熹打電話到我的辦公室，把我好一頓的臭罵，說我在你面前污衊他是躁鬱症，害他昨晚在飯店跟保全爭執起來，讓他在女朋友面前大失面子。」

傅華笑了起來，說：「這傢伙倒挺會往自己臉上貼金的，還什麼跟保全爭執起來，他被保全按在地上動彈不得才是真的。再說這傢伙也夠沒品的，跟他發生衝突的是我，有膽量他來找我啊！沒膽量找我，卻把氣撒在你身上，算是怎麼一回事啊！」

高芸詫異地說：「這麼說，你真的說過我說他有躁鬱症了？」

傅華點點頭，笑說：「是啊，這傢伙在我面前一再的辱罵你，我氣不過，就故意耍了他一下，說他有躁鬱症，要他克制自己的情緒，結果這傢伙不知道我是在設計他，還真的被激怒了，還想衝過來打我，結果被飯店的保全給制服，摁在地上好半天沒讓他起來，最後跟他的女朋友被勸離了飯店。」

高芸失笑說：「你也夠壞的了，居然會這麼玩睢才燾。」

傅華忿忿不平地說：「那傢伙是活該，本來見面打個招呼就夠了，他卻說話夾槍帶棒的來諷刺我，還罵你，你說我能不出手教訓他嗎？」

高芸忍不住看了看傅華，說：「為了我值得嗎？你可別忘了，因為我，睢心雄已經找過你一次麻煩了。」

傅華義氣地說：「你是我的朋友，我當然要維護你啦，難道還能任由別人辱罵自己的朋友不吭聲嗎？」

高芸喜孜孜地說：「你不用特別跟我強調朋友兩個字，你和我的關係，現在已經不能簡單的用朋友來形容了。」

傅華知道高芸話中的含意，便顧左右而言他的說：「對，我們是好朋友。」

高芸瞟了傅華一眼，她曉得眼前這個男人如果逼得太緊，反而會離她更遠，也就不再糾纏下去，換了話題說：「睢才燾這次真的被你搞得氣急敗壞了，你要小心他再一次想辦法報復你。」

傅華老神在在地說：「我不怕他，那傢伙除了有個好爹之外，根本就一無是處，也沒什麼好怕的；至於睢心雄，自顧尚且不暇，根本就不會有空來管我和睢才燾的事。」

高芸說：「我爸也跟我說睢心雄最近的勢頭已經不行了，不過，他總還是嘉江省的省委書記，你還是小心為妙。對了，你昨晚帶去吃飯的女孩子是誰啊？」

傅華愣了一下，說：「你怎麼知道的，是睢才燾告訴你的？」

高芸笑說：「睢才燾說我跟你勾三搭四也沒用，你又有了新歡，新歡又年輕又漂亮。」

傅華趕忙澄清說：「什麼新歡啊，就是一個朋友罷了，叫許彤彤，天下娛樂的簽約藝人。」

「簽約藝人啊？難怪睢才燾說她很漂亮，」高芸酸溜溜的說：「不錯啊，傅華，現在都開始跟明星交朋友了。」

傅華大笑說：「什麼明星啊，她是個新人，這次天下娛樂幫我們海川市拍形象宣傳片，她是女主角。昨晚我在飯店請一個老同學吃飯，我那個同學也見過許彤彤，就讓我叫她出來作陪。」

高芸臉上這才有了笑意，說：「原來是這樣啊。」

傅華白了高芸一眼，說：「不是這樣，又是怎麼樣呢！誒，高芸，昨晚跟睢才燾在一起的，真是他女朋友？」

高芸看了傅華一眼，說：「是啊，怎麼？你不會對她感興趣吧？」

傅華叫說：「你拿我當什麼人啦，是個女人我就會感興趣嗎，我只是覺得那個女人比睢才燾聰明，也能壓得住場子，是個人物。」

高芸笑笑說：「那個女人叫做羅茜男。」

傅華沒聽說過這個人，好奇地問道：「這個羅茜男究竟是何方神聖啊？很厲害嗎？」

高芸詫異地說：「你連她是誰都不知道啊，算了，也無所謂啦，反正你們遇到的機會也不大。誒，說說你的老同學吧，不會是專門跑來北京跟你敘舊情的吧？」

傅華喊冤道：「敘什麼舊情啊，她這次來北京，是想把公司的總部遷過來。」

高芸驚訝的說：「你這位同學事業發展的不錯啊，能把總部從海川遷到北京，可不是一件簡單的事情。」

傅華說：「是啊。我這個同學這兩年公司發展的相當不錯，她覺得留在海川，業務輻射的範圍太窄，就想把總部遷到北京來，已經在選址了。」

高芸看了傅華一眼，意味深長地說：「你這個同學倒是志向遠大啊。」

「她確實是志向遠大，不過，你看我幹嘛，這與我又沒什麼關係。」傅華不解地說。

高芸說：「你的同學都有這麼遠大的志向，你一個大男人卻成天縮在駐京辦這個小地方，跟一些莫名其妙的人因為一些雞毛蒜皮的事情爭鬥不休，你不覺得慚愧嗎？人家還是一個女人啊。」

傅華笑了起來，說：「我從來都不覺得女人比男人差，我身邊好多的女人都比我優秀，我要是每一個都要慚愧的話，不如找塊豆腐撞死好了。」

高芸嬌笑著說：「看你這點出息，還找塊豆腐撞死，要撞也不找塊硬的地方啊？」

傅華裝可憐地說：「硬的地方撞起來會疼的。」

高芸被逗得花枝亂顫，伸手輕捶了傅華肩膀一下，笑說：「好了，我知道你淡泊名利總行了吧？」

傅華看高芸臉泛紅暈，笑顏如花，一副情意綿綿的樣子，趕緊板起臉，正色說：「說起我這個同學，有件事正好跟你說一下，你原來想要拿的那個灘塗地塊項目，已經被我這個同學拿到了。」

高芸吃驚地道：「你是說你的老同學就是興海集團的單燕平？」

傅華說：「原來你知道了啊。對啊，就是單燕平。你消息挺靈通的，她昨晚才告訴我拿到了這個項目。」

高芸說：「和穹集團一直都在關注這個項目，也一直找人協調跟中儲運的關係，想要從他們手裏把這個項目給挖出來，所以消息自然靈通。哎，這世界還真小啊，你居然跟單燕平是同學。」

傅華笑說：「這麼說你應該比我更瞭解整件事的內情了？」

高芸點點頭說：「是的，我是昨天下午得到確切消息的，中儲運的一個朋友打電話給我，說是總公司的領導對他們施加壓力，說既然他們無力開發灘塗地塊這個項目，還是將這塊地出售給有能力開發的公司好了，而這個有能力的公司，指的就是興海集團。」

高芸接著說：「我的朋友說，他們不出手不行，一方面海川市政府追著要沒繳清的土地出讓金，要是付清，又是一大筆錢；另一方面，東海分公司也沒有懂得開發灘塗地塊的人，他們把項目拿在手裏也不知道該怎麼做。」

傅華訝異地說：「沒有人懂如何開發，他們為什麼還要買修山置業啊？這不是擺明了拿錢打水漂嗎？我看也只有國企才會幹這種蠢事。」

高芸見怪不怪地說：「那是當然啦，私營企業的錢都是老闆辛苦賺來的，才捨不得這麼浪費呢。國企花的是公家的錢，損失了也沒人心疼。最重要的一點，當初是上面有人施壓讓他們買的，現在賣，也是上面施壓讓賣的，他們對這些長官的命令根本就對抗不了。」

「他們也不會對抗的，」傅華忿忿地說：「國企實際上就是另外一個官場，下級對抗上級命令的下場都會很慘，因此除非是他們腦子有問題才會那麼做的。不過這樣一來，大筆的國有資產就裝進了私人的腰包了。」

高芸點點頭說：「現在就是這樣，我那朋友講，總部的領導說這個項目現在困難重重，再留下去損失會更大，讓東海分公司儘快折價將項目出手，以免將來造成更大的損失。」

傅華大嘆說：「這簡直是一魚兩吃，當初喬玉甄透過關係，將修山置業溢價賣給中儲運，現在單燕平再透過關係將灘塗地塊折價買走，一來一回都被人賺了大筆的錢去，這些蠹蟲們的吃相可真夠難看的。」

高芸附和說：「是啊，整件事情最滑稽的地方是，他們只是為了大賺其錢，根本就無心把這個項目給做好，而我們和穹集團真的想好好開發這個項目，卻拿不到這個項目。」

傅華也感慨說：「想不到我這位老同學還真有兩下子，她大概是跟中儲運某位高層建立起強大的聯繫了。」

高芸卻搖頭說：「據我看，你同學的關係應該不僅限於中儲運，可能要比中儲運的權力更大一些。根據我們搜集來的情報顯示，最近有幾家大型國企先後成為興海集團的固定客戶，這幾家大型國企都不是中儲運的領導能夠影響到的，顯見你同學所依靠的關係應該遠遠超出中儲運。」

傅華說：「你們的情報搜集得倒是很及時啊。」

「商場如戰場，搜集情報是最重要的。孫子兵法有云，故明君賢將，所以動而勝人，成功出於眾者，先知也；先知者，不可取於鬼神，不可象於事，不可驗於度，必取於人，知敵之情者也。」高芸朗朗上口地念起孫子兵法來。

傅華笑說：「行啊，高總，孫子兵法都能信口拈來，難怪胡叔那麼看重你，想讓你做他的兒媳婦，你果然有兩下子啊。」

高芸有點感傷的說：「行了，你就別挖苦我了！有些時候想想，即使再能幹，我最想要的還是得不到，那我這個能幹是不是就沒有什麼意義了？」

高芸說這話的時候，眼睛一直在盯著傅華，傅華了解高芸的心思，然而他無法回應高芸的情意，一時之間也找不到恰當的話語勸慰高芸，只好開導說：「高芸，很多東西在你沒有得到的時候，往往你會覺得是完美的；一旦真正得到了，你反而會發現其實那個完美只是存在於你的想像當中而已。」

傅華這是告訴高芸，他並沒有她想像中的那麼完美，勸她放下這個心結，高芸也不想讓傅華感到壓力，就釋懷地說：「也許吧，不是有人說得不到的才是最好的嗎？」

屋裏的氣氛有了一點尷尬，高芸也覺得有些無趣，就告辭離開了。

送走高芸，傅華正想靜下心來辦公，手機卻響了起來，是許久未聯絡的劉康打來的。

劉康說：「傅華，明天是週末，沒事的話，來我這裏喝茶吧。」

劉康現在算是退休狀態，人上了年紀，總愛身邊熱鬧一點，因此笑笑說：「行啊，我明天過去。」

第二天上午，傅華去了劉康的家。

一進屋，傅華就嗅到一股茶香，劉康招呼說：「坐吧。」

傅華坐了下來，劉康給他倒了一杯茶。喝茶的時候，傅華注意到桌上放著一份請帖，就說：「怎麼，有人請您去喝開幕酒？」

劉康回說：「是啊，一位老朋友早上親自送過來的，讓我給他去捧捧場。」

傅華隨口問說：「什麼老朋友啊，我認識嗎？」

劉康將請帖遞給傅華，傅華打開請帖看了看，是一家叫做「帝豪國際」的俱樂部開幕，邀請劉康去觀禮，請帖的具名人是黃易明和羅由豪。

傅華愣了一下，想起黃易明曾經說過要開一家俱樂部，還邀請他加入，當時被他拒絕了，沒想到黃易明這麼快就把俱樂部給搞了起來。而黃易明後面的具名人羅由豪，很可能就是黃易明所找的合夥人了。

傅華笑問：「羅由豪是您的朋友？」

劉康點點頭說：「是啊，幾十年的老朋友了，這老傢伙到這把年紀了還不退下來享清福，還跑去跟人合作開什麼俱樂部！誒，你認識黃易明？」

傅華點了點頭：「他曾經邀請我跟他一起開這家俱樂部，還答應送我一部分乾股。」

劉康笑說：「送你乾股，有這種好事？你什麼地方被他看中了啊？」

傅華說：「這個黃易明是呂鑫的朋友，他看重的是我身後的您。」

劉康聽了說：「那他給你多少乾股啊？」

傅華笑笑說：「百分之五，如果我想再多占股份的話，就要自己投資了。」

「百分之五，我就這麼點身價啊？」劉康笑說：「這個黃易明真夠小氣的，想要我給他撐腰，怎麼還不得百分之十啊！」

傅華開玩笑說：「您不會真的有興趣吧？」

劉康笑了起來，說：「我已經退休了，不會再沾惹這些事啦。看來是你拒絕了黃易明，所以他才會去找羅由豪的。」

傅華點點頭說：「我也是覺得您退休了，不會再參與這些事，就拒絕了他，黃易明還有點不太高興呢。誒，這羅由豪是您什麼朋友啊，我以前怎麼從來沒聽您說過他呢？」

劉康說：「他算是我一個弟兄，我知道你不願意介入道上的事，所以也就沒跟你說過他。說起來，當年我們倆是一起在道上混的，同生共死過，他在道上的名頭輩分也不差於我，後來我們都有自己的事業，他也開了一家公司，大家各忙各的，往來就少了。」

傅華恍然大悟說：「原來是這樣啊。看來黃易明是覺得請不動您，就把這個羅由豪搬出來撐場面了。」

「這個場面是隨便能撐的嗎？」劉康頗不以為然地說：「這個羅由豪，他怎麼隨便和香港人合作呢？這些香港人雖然在經營上很有一套，但是他們對大陸的法律政策不熟悉，很容易就會踩過紅線的。最近我聽到消息，警方對北京的夜總會正醞釀要進行整頓呢，別人躲都來不及，這個羅由豪倒好，反而自己撞進去了。」

傅華猜測說：「他可能被黃易明許諾的利益給迷惑住了吧。」

劉康說：「肯定是的。不過，他也不想想黃易明那傢伙是能隨便招惹的嗎？他在香港可是出了名的心狠手辣，羅由豪跟他合作，眼下可能會得到些好處，但是之後這些好處恐怕還是要倒出去的。羅由豪來送請帖的時候，我說了他一頓，可惜他財迷了心竅，根本就聽不進去。」

傅華問道：「那您準備怎麼辦，要不要去捧這個場啊？」

劉康猶豫不決地說：「我還在考慮，不去吧，幾十年的老朋友親自登門請我，我不去有點太不給面子了；去吧，我如果出現在這個場合，就意味著我支持這家俱樂部，這並不符合我的初衷。哎，這個羅由豪真是給我出了個難題啊。」

劉康看了看傅華，說：「香港人做事向來禮數周到，我想黃易明既然曾經邀你加入，應該不會漏掉你的一份請帖的。」

傅華思忖說：「我也覺得他會派人送請帖給我。」

他心想黃易明八成會派許彤彤送請帖給他。就像派羅由豪送請帖給劉康，劉康不好拒絕一樣，許彤彤給他送請帖，他也不好拒絕。不過這一點傅華沒有講出來，一講出來就要解釋很多事，還是不講為妙。

劉康想了想說：「要不到時候你替我帶份禮物給羅由豪？」

劉康在這種大場合下讓他捎禮物給羅由豪，是在告訴與會的這些人，某種程度上他算是劉康的衣缽傳人，他的行為可以代表劉康。劉康曾經多次出手保護他的安全，他對劉康很感恩，就爽快地答應說：「行啊，反正我是要去的，就替您帶份禮物給他好了。」

劉康說：「你幫我帶禮物去，我就少了份心事了。誒，傅華，還有一件事，你還記得蘇強這個人嗎？」

傅華點點頭說：「記得，當初胡東強就是花了十萬塊找他來畫花我的臉的，您提起他來，是有什麼事嗎？」

劉康說：「我聽白七說，蘇強最近接了一單活兒，與你們海川有關，有人委託他向一個叫做歐吉峰的人討債，債務的金額倒不大，就三百萬，不過其中有件事挺有意思的。」

傅華奇怪地說：「哦，一件討債的事會有什麼意思啊？」

劉康笑了笑說：「歐吉峰說這三百萬不是借款，而是對方付給他幫忙買官的錢，而這個買官的人，據說是你們海川一個叫做何飛軍的副市長，你說這事是不是很有意思？」

傅華笑了起來，劉康把這條消息告訴他，實際上是提供一件可以對付何飛軍的武器給他。這個消息對他來說還真有用呢，雖然暫且他跟何飛軍沒有什麼直接衝突，但是傅華知道何飛軍因為嫖妓被抓的事，對他一直懷恨在心，早晚會找機會報復他，因此他可以在對付何飛軍的時候派上用場。

傅華心有所感地說：「您別說，仔細捉摸還真是挺有意思的。」

劉康又給傅華斟上一杯茶，說：「人呢，不一定非要在什麼重要的位置上，位置越重要，掣肘的因素越多。但是一定要有掌控全局的能力，善於利用各種因素為自己加分，馮老你知道吧，為什麼他退下來那麼多年，對政局還是有一言九鼎的影響力？就是他始終把關鍵的東西掌握在自己的手裏。」

劉康說的確實是事實，馮葵的爺爺馮老應該算是政壇上的一個傳奇，即使他退下來在家療養，也是牢牢地把控著政壇的走向。

這時，劉康看了一眼傅華，說：「這次黎式申被揭發的事，是你搞出來的吧？」

傅華佩服地說：「這您也知道啊，外面的人可都猜測說是胡瑜非和楊志欣搞的。」

劉康笑說：「你們和睢心雄的對決，我一直都在關注著，那兩個傢伙肯定也在其中搞了不少的花樣，不過你肯定起了很大的作用。」

傅華甘拜下風地說：「您還真是法眼如炬啊。」

劉康說：「什麼法眼如矩啊，其實也就是見多了而已，你知道我們這些老北京最喜歡跟人討論什麼嗎？」

傅華笑說：「這我知道，你們最喜歡討論政壇動向。特別是那些計程車司機，談起這些來更是如數家珍，通常開口就說：你知道嗎，昨天那國務院誰誰怎麼了，語氣篤定的就像他住在中南海一樣。」

劉康笑了起來，說：「哈哈，你形容的還真到位。」

傅華看了看劉康，說：「您對睢心雄和楊志欣的政爭怎麼看，楊志欣會勝出嗎？」

劉康搖搖頭說：「這個很難說，雖然你幫楊志欣先贏了一局，但是睢心雄並沒有兵敗如山倒，他在嘉江省的地位還是很穩。睢家也是在政壇經營多年，不是一件黎式申的案子就能把睢心雄扳倒的。」

傅華嘆說：「睢心雄如果倒不了，楊志欣勝出的機會還是不大啊。」

劉康卻語重心長地說：「傅華，你不覺得睢心雄倒不倒和楊志欣能不能勝出，關鍵性的人物是你嗎？」

傅華愣了一下，說：「我？」

劉康說：「你看，你在那次見面會上公開提出對睢心雄的質疑，這算是開了一個頭，睢心雄為自己塑造出來的形象也就不再那麼偉大了；緊接著睢心雄派黎式申來北京抓你，卻被你順利的脫身，反而是黎式申被停職，然後就是黎式申出車禍身亡，又是犯罪的證據被揭發出來……」

傅華趕忙澄清說：「您不知道，這裏面牽涉到了很多不相干的事，許多事是偶然發生的，並不是我要去跟睢心雄爭鬥，像黎式申受命來抓我，其實是因為睢心雄的兒子跟高穹和女兒的關係被我破壞……」

「你不要急著跟我爭辯，」劉康打斷傅華：「我的意思還沒表達清楚，你跟我爭什麼啊?!」

傅華失笑說：「是我太心急了，那您說，您究竟是什麼意思呢？」

劉康說：「我想說的是一個氣運的問題，過去的人常說，大到一個國家、一個朝代，小到升斗草民，其興衰成敗無一不是與氣運有關。不知道你看沒看過清朝不同時期的龍紋圖像？」

傅華說：「您是不是想說康雍乾時期的龍紋，體態剛健有力，一副生機勃勃的樣子，顯得當時清朝氣運鼎盛；而嘉慶之後的龍紋就開始變得軟弱無力，到清末更是一副氣運到頭的樣子了。」

劉康說：「對，我就是這個意思。因為時代氣運的不同，工匠製作出來的作品展現出來的狀態也不同，可見氣運的確有很大的影響。」

傅華笑說：「這個我明白，不過，我不知道這跟睢心雄和我的爭鬥有什麼關係啊？」

劉康笑說：「這不是擺在那裏了嗎？你看睢心雄自從遇到你之後，形勢就變得急轉直下，本來是挺進中樞的熱門人選，現在不但挺進中樞沒機會，能不能保住現在的位置都很難說了。反觀你，即使睢心雄動用了強大的警力來對付你，也被你有驚無險的逃過一劫。這說明什麼，說明睢心雄的氣運已經被你克制住了。」

傅華笑了笑說：「那只是我僥倖而已。」

劉康堅信說：「不是你僥倖，一件事情你可以說它是僥倖，但是僥倖多了，那就是天意了。」

傅華忍不住質疑說：「我不知道您這個理論是不是真的成立，不過就我所知，我和胡瑜非這一方並沒有掌握什麼東西足夠讓睢心雄倒臺的，難道我們就這麼等著，天意就能讓睢心雄倒臺嗎？」

劉康很有信心地說：「上天絕不會就這麼讓你們一直等下去的，雖然我不知道是什麼，但是我有一種預感，一定會有什麼變化發生，到那時候，睢心雄一定會完蛋的。」

傅華卻懷疑地說：「這讓我想起小學生作文時常會用的一句話，那就是正義終將戰勝邪惡，但是您和我都知道，那不過是一句哄小孩子開心的空話而已。」

劉康笑笑說：「這不是正義戰勝邪惡的問題，而是順應潮流的問題。國家改革開放已經是不可阻擋的潮流了，而睢心雄為了個人的政治目的，利用警力大搞整頓，根本就是在倒行逆施，終將會被時代潮流埋葬的。」

傅華點點頭說：「您這個觀點我倒是贊同，我當初之所以加入楊志欣這一邊，就是覺得睢心雄的行為跟時代發展的方向是相對立的，如果讓這樣一個人得勢，對國家來說將是一場災難。就讓我們拭目以待吧，看看上天究竟給睢心雄安排怎樣的一個下場。」

劉康鼓勵傅華說：「你對老天爺有點信心吧，睢心雄一定不會有什麼好下場的。」

第五章

打開天窗說亮話

睢才燾說：

「傅主任，我是真的很有誠意想跟你冰釋前嫌的，

以前我有做得不對的地方，我跟你說聲對不起，

希望你大人大量，不跟我計較。」

傅華說：「睢少，你能不能打開天窗說亮話，

你究竟想要幹什麼啊？」

正像傅華猜想的那樣，週一上午，許彤彤果然拿著請帖出現在傅華的辦公室裏。

許彤彤說：「傅哥，黃董讓我來把這份請帖拿給你，請你務必到時蒞臨帝豪國際俱樂部。」

傅華把請帖接了過來，看了看之後放在桌上，說：「黃董真是客氣，坐吧彤彤。」

許彤彤並沒有坐下來，而是問：「傅哥，你還沒說到時候去不去呢。」

傅華看了許彤彤一眼，笑說：「是不是我不說去不去，你就不打算坐下來了啊？」

許彤彤笑了起來，說：「黃董要求我務必把你給請到，你沒答應要去，我回去不好交差的。」

傅華笑笑說：「好了，你坐吧，我去就是了。」

「謝謝傅哥。」許彤彤這才坐了下來。

傅華問道：「彤彤，你知不知道黃董請沒請你葵姐啊？」

許彤彤說：「這我就不清楚了，黃董只要我送這份請帖給你，別人的請帖不歸我管。」

傅華開玩笑說：「你們黃董還真是會使美人計啊。」

許彤彤聽了笑說：「不是什麼美人計，而是黃董知道傅哥你一定會照顧我的。」

送走許彤彤後，傅華就打電話給馮葵。

馮葵抱怨說：「你終於捨得給我電話了？」

傅華忙問：「怎麼了，我沒什麼地方做得不好吧？」

馮葵氣說：「你還好意思說！你做錯了什麼難道自己不知道嗎？」

傅華納悶的說：「原來我還真是做錯了，能不能麻煩你馮大小姐告訴我，我究竟做錯了什麼啦？」

馮葵沒好氣地說：「你就揣著明白裝糊塗吧，你真是太差勁了，一邊告訴我睢心雄很危險，讓我減少跟你見面；一邊自己卻跑去崑崙飯店，故意惹惱睢才燾。你這不是自相矛盾嗎？怎麼？對我睢心雄就危險，對你他就不危險了嗎？」

傅華恍悟說：「原來你是為了這件事啊，我不是要故意惹惱睢才燾，是那傢伙先來挑釁我的。」

「他挑釁你？」馮葵說：「他是怎麼挑釁你的？」

「這個……」

傅華有點說下去了，畢竟他是為了維護高芸才出手教訓睢才燾的，這一點馮葵肯定不願意聽到。

「說啊，怎麼不說了？」馮葵冷笑一聲，說：「你不好說，我替你說好了！你是因為睢才燾罵了高芸才跟他衝突起來的，是不是？怎麼，睢才燾罵高芸，你心疼啊？」

傅華尷尬的說：「小葵，我不是心疼高芸，而是別人在你面前罵你朋友，你總不能就這麼不管吧？」

「什麼朋友啊，」馮葵怒火更盛了，嚷道：「我不是跟你說過，讓你離高芸遠一點嗎？你忘了上次高芸害你被黎式申用槍頂著腦袋的事了嗎？怎麼，你還想再來一次嗎？恐怕這次光用槍頂著你腦袋還不夠呢，你讓睢才燾在公眾場合出那麼大的醜，他肯定恨死你了，說不定殺你的心思都有了。」

傅華笑說：「不會的，我想睢才燾還沒這個本領。」

馮葵生氣地說：「你想，你想，你想的能做準嗎？你想的能做準，也不會被人用槍頂著腦袋了。」

馮葵嚷得傅華的頭有點大，剛想勸馮葵消消氣，門卻在這個時候被敲響打開了，一個十分意外的人出現在他的視線中，讓他震驚不已。

傅華趕忙對馮葵說：「我不能跟你談下去了，因為你剛說的那個殺了我的心都有的傢伙，正在我的辦公室。」

「你是說雎才燾？」馮葵驚訝的道：「他跑去你辦公室幹什麼，帶了很多人嗎？」

傅華說：「沒有，就他一個人，我不知道他來幹什麼，先掛了，回頭給你電話。」

傅華不等馮葵回話，直接把電話掛了，然後站起來迎了上去，招呼說：「今天這是怎麼了，雎少怎麼會光臨我這個小小的駐京辦主任的辦公室了？沒得辱沒了你的身分。」

雎才燾並沒有因為傅華譏諷的口吻而惱火，居然笑了一下，說：「傅主任客氣了，我只是上來看一看。誒，你這裏的環境還不錯啊。」

雎才燾表現的這麼友好，讓傅華有些錯愕，這是怎麼了，從他認識雎才燾到現在，雎才燾還是第一次表現的對他這麼友善，難道真的像劉康所說的那樣，所謂的變化來了？只是這個轉變來得實在太突然，讓傅華都有些不適應了。

傅華忍不住說：「雎少，你把我給弄糊塗了，你突然跑來究竟是想幹什麼啊？」

雎才燾說：「傅主任，你不要這麼緊張嘛，我又不是什麼壞人。之前我們可能是有些誤會，我有些言辭可能也有些過火，這主要是因為我這些年都是待在國外的緣故，在國外講話比較隨便，口無遮攔，可能不經意間得罪了你。我今天來就是想跟你解釋一下，希望能取得你的諒解。」

傅華心裏暗罵，你說得倒輕巧，你爸爸派黎式申用槍頂著我的腦袋，想把我抓到嘉江省去，這難道是一句誤會就能解釋過去了嗎？

傅華猜不透雎才燾來此的真實意圖，不得不小心應對，笑笑說：「雎少客氣了，我們之間有誤會嗎？」

雎才燾說：「傅主任，你別這樣說好不好，你這樣說似乎是不肯原諒我的意思。我今天來，是真的很有誠意想跟你冰釋前嫌的，以前我有做得不對的地方，我跟你說聲對不起，希望你大人大量，不跟我計較。」

雎才燾一個勁的講好話，真是徹底把傅華給搞懵了，他一頭霧水地說：「雎少，我都被你搞糊塗了，你能不能打開天窗說亮話，你跑來我這兒，究竟想要幹什麼啊？」

睢才燾看了傅華一會兒，說：「傅主任，你既然說要打開天窗說亮話，那就別裝糊塗了，你應該不會不知道睢家想從你這裏得到什麼的。你開個價出來吧，你要多少錢才能把那件東西交還給睢家？你放心大膽的開價吧，睢家一定會讓你滿意的。」

傅華這時候才明白睢才燾是衝著黎式申留下的證據來的。這個睢心雄也夠狡猾了，自己不好出面，居然派兒子來做說客，這樣即使事情洩露了，也可以推說自己什麼都不知道。

傅華心說：這件東西我也在找呢，你要我交出來，我拿什麼交啊？再說，就算我真的有這件東西，我也只會交給楊志欣和胡瑜非，不會交給你們睢家父子的。

傅華想了想，覺得還是裝糊塗到底比較好，以睢心雄多疑的個性，一定會覺得黎式申留下的罪證確實在他的手上。

傅華就笑笑說：「睢少，你這麼說我更糊塗了，我手裏有什麼東西對你來說這麼值錢啊？」

睢才燾冷笑一聲說：「傅主任，你這麼說就不夠磊落了吧？別裝了，我們有確鑿的理由認為那件東西就在你的手裏。那件東西對你也沒什麼好處，交給我，我會給你一大筆錢的。我保證這筆錢大到超出你的想像，讓你在任何地方都能過得舒舒服服的。怎麼樣，我這個條件夠豐厚的了吧？」

傅華故弄玄虛地說：「睢少，你說得我還真是有些心動，我也想從你手裏接下這一大筆超出我想像的錢。不過遺憾的是，我到現在也沒搞明白你究竟想從我這裏拿的是什麼東西。你能不能明白的告訴我究竟是什麼啊，讓我好找找看，如果有的話，我一定會給你的。」

睢才燾用懷疑的眼神看著傅華說：「傅主任，你這是故意想讓我親口說出來是什麼東西，好錄音下來作為證據對吧？」

傅華心想：這傢伙雖然沒有睢心雄那樣聰明的頭腦，但是多疑的性格卻是像足了睢心雄。

傅華嘻皮笑臉地說：「睢少，你真是會開玩笑，我根本不知道你會這時候跑來找我，又怎麼能事先安排錄音呢？」

睢才燾反駁說：「那可不一定，這事也鬧騰有一段時間了，你可能早就布下陷阱，等我們往裏跳了。」

傅華說：「我真的不知道你在說什麼，這件事又是指哪件事？你想要的東西又是什麼？你不說清楚，我就是有心想收你的錢也沒機會啊。」

睢才熹看著傅華的眼睛，說：「你真的不知道我想要什麼嗎？」

傅華堅決的搖搖頭說：「我真的不知道你想要的是什麼，要不你檢查一下我這裏好了，看看有沒有錄音設備，確信沒有錄音，再告訴我你想要的是什麼吧。」

睢才熹遲疑了一下，說：「這麼說，你是真的不知道了？」

傅華笑了笑說：「我是真的不知道，睢少，你引起我的好奇心了，究竟是什麼東西這麼重要啊，說出來大家一起找啊。」

睢才熹哼了聲說：「既然你不知道，那我就不告訴你了，有時候知道的太多並不是一件好事。」

傅華故作埋怨說：「睢少，你這個人真是不夠意思，引起了我的好奇心，卻又不肯說出來究竟是什麼，你這是要把我裝進悶葫蘆裏啊。」

睢才熹說：「傅主任，我不告訴你真的是為你好。好了，打攪你的時間也不短了，我就告辭了。」

傅華做出一副心有不甘的樣子，說：「睢少，你別這樣啊，那件東西究竟是什麼啊？」

睢才熹笑說：「好了，你就別這麼好奇了，就這樣啦，走了。」說完就揚長而去。

睢才燾走後，傅華思索著剛才發生的事，睢才燾似乎是認定了他手裏有黎式申留下的東西，所以才會一來就開大價錢要把東西買走。是什麼理由讓睢家這麼認為呢？

按說就現狀來看，睢心雄頂多是對他有所懷疑而已，並不能推斷出他手裏就一定有那份罪證。難道說是有什麼事情讓睢心雄認定了證據就在他的手上？還是僅僅只是憑猜測而已，所以才派睢才燾來駐京辦試探他？

傅華想了半天，也想不出所以然來，只好先暫且擱下，打電話給馮葵，他知道她一定正在擔心呢。

果然，馮葵接了電話，就擔心地急急問道：「睢才燾走了嗎？他找你幹什麼啊？」

傅華趕忙安撫說：「小葵，你別這麼緊張，沒事的，睢才燾以為我手裏有他們想要的東西，想花錢從我手裏把東西買走。」

馮葵說：「什麼東西啊，誒，不是上次楊志欣說的睢才燾的罪證吧？」

傅華說：「我猜應該是吧，不過究竟是不是我也無法確認，睢才燾也不肯說明白究竟是什麼。」

馮葵推測說：「那就是說他並不確信東西在你手上，所以才不肯說出來究竟是什麼，他怕說出來反而啟發你和楊志欣去找這件東西。」

傅華說：「對，雎才燾應該就是這樣想的。」

「那現在雎才燾人呢？」馮葵又問。

傅華說：「我跟雎才燾談了之後，他好像相信我手中確實沒有這件東西就走了。」

馮葵狐疑地說：「這個雎才燾也太好糊弄了吧，你千萬不要因此就放鬆警惕，這件事情的背後主謀是雎心雄，他可不像雎才燾這麼好對付，一定不會放下對你的疑心的，說不定還會想辦法試探你。」

「我知道，我會儘量小心的。」傅華說。

「誒，剛才被雎才燾打斷了，我還沒問你，剛才你打電話過來是想幹什麼呢？」馮葵問。

傅華笑笑說：「我是接到黃易明派人送來的請帖，想問問你收沒收到請帖啊？」

馮葵回說：「收到了。誰給你送請帖的啊，不會是許彤彤吧？」

傅華也不隱瞞，說：「除了她之外，還會有別人嗎？」

馮葵酸酸地說：「知道你喜歡許彤彤，就派許彤彤給你送去，這黃易明可真夠有誠意的。」

傅華趕忙澄清：「別扯了，什麼我喜歡許彤彤，我跟許彤彤真是普通朋友而已。」

馮葵嗤了聲說：「你糊弄誰啊，普通朋友?!你同學來北京，為什麼你讓她去作陪啊？為什麼不找我去呢？」

傅華解釋說：「那是人家點名要見許彤彤的好嗎？她們在海川見過面。誒，你去不去參加帝豪的開幕典禮啊？」

馮葵反問：「你呢，你去嗎？你去我就去。」

傅華說：「我不能不去，我還有一位朋友要讓我捎份禮物過去呢。」

馮葵開玩笑說：「藉口！我看是許彤彤送請帖去了，你不好意思傷了這小美人的心才對。」

傅華微怒地說：「小葵，老拿這個開玩笑就沒意思了。好啦，我還要趕緊把睢才燾來找我的事跟胡叔聊一下，問問他是怎麼看這件事的。」

馮葵聽了說：「對，你是應該趕緊跟胡叔溝通一下，睢心雄肯定不會就這麼算了的，你讓胡叔和楊志欣趕緊幫你想想應對之策吧。」

傅華就打電話給胡瑜非。「胡叔，剛才雎才燾來駐京辦找我。」

「雎才燾找你？」胡瑜非沉吟了一下，說：「有些話在電話上講不清楚，你過來吧，我們當面談。」

傅華就去了胡瑜非的家，傅華詳細地講了當時的情形，胡瑜非好長時間沒說話。

過了許久，才憂心忡忡地說：「傅華，雎心雄既然把懷疑的目標定在你身上，一定會再想辦法來試探你的，或者會採取對你不利的措施，從你身上把東西給逼出來。」

傅華不以為意地說：「不管他做什麼都沒用啊，我到現在也沒見過黎式申留下的東西究竟是什麼樣子，怎麼拿出來啊。誒，胡叔，楊書記可找到了什麼有用的東西嗎？」

胡瑜非搖搖頭說：「志欣那邊什麼進展都沒有，這本來就像大海撈針一樣，除非對方自己跳出來，否則很難找到的。」

傅華嘆了口氣說：「看來一時半會兒這件事還解決不掉啊。」

胡瑜非沉重地說：「恐怕是這樣，誒，傅華，現在雎心雄已經把目標對準了你，你是不是重新考慮一下我給你請保鏢的建議啊，我可不想看你有什麼閃失。」

傅華笑說：「胡叔，真的沒必要，睢心雄想要的是那份罪證，就算是殺了我，他得不到那份罪證也是沒用的，所以我想他不會對我有什麼太過暴力的行為的。」

「你說的也有道理，不過你自己還是要小心。」胡瑜非叮嚀道。

傅華說：「這我知道，我會儘量小心的。您還有別的事嗎，沒有的話我就先回去了。」

胡瑜非說：「我沒別的事了，你先回去吧。」

送走傅華，胡瑜非撥通了楊志欣的電話：「志欣，睢心雄上鉤了，他派兒子找上傅華，要從傅華手中買走那份罪證。」

楊志欣笑了起來，說：「睢心雄終於沉不住氣了，我就怕他沒有什麼行動，只要他行動起來，他就等著倒楣吧。瑜非，傅華對這件事可曾察覺到什麼沒有啊？」

胡瑜非說：「他倒沒察覺，只是感覺到了一絲危險的氣息，今天特別問我你查到了什麼沒有。志欣，我們這麼利用他做釣睢心雄的餌，是不是不太好啊？」

楊志欣說：「瑜非，你又婦人之仁了，做大事的人怎麼會計較這些小節呢？這一點你甚至還不及傅華，在處理黎式申被揭發的資料上，傅華都建議你好好利用那份資料，你卻差點因為黎式申死了就放棄了。」

胡瑜非嘆說：「我不是婦人之仁，而是這件事實在太危險了。」

楊志欣責備說：「你這不是婦人之仁又是什麼？做什麼事會沒有危險啊？你這樣是不行的，胡老不讓你入仕途，其實也是看到你心慈手軟的一面。在商界做錯了事，還可以想辦法挽救，政壇就不行了，一著不慎，這輩子可能就翻不了身了。」

胡瑜非苦笑了一下，自嘲說：「哎，我就是沒辦法像睢心雄那樣心狠手辣啊。」

楊志欣笑笑說：「瑜非，你這個人太重情義了。你之所以猶豫，是因為牽涉到你關心的人，如果這個人不是傅華，估計你不會這麼猶豫的。」

胡瑜非說：「可能是吧，我很欣賞傅華，如果他有什麼閃失的話，我一輩子都不會原諒自己的。」

楊志欣說：「我也很欣賞他，也不願意看到他有什麼閃失的，我還期待將來能有機會用他做一些事呢。所以你放心，我會儘量保護他的。」

胡瑜非無奈地嘆了口氣，說：「志欣，希望你能說到做到。」

楊志欣說：「這是一定的。瑜非啊，你覺不覺得我們這個餌下的力度還有點不夠？」

胡瑜非愣了一下，說：「你這話什麼意思啊？」

楊志欣說：「雖然傅華引起了睢心雄的注意，但還不足以讓睢心雄百分之百地相信罪證就在傅華手上，我覺得應該給這個餌再加點料。」

胡瑜非問：「你要加什麼料啊？」

楊志欣計畫說：「比方說我在睢心雄的內線面前故意放出消息，說傅華來找我，要求我再不給他手裏的東西提提價的話，就會把資料賣給睢心雄。我相信睢心雄聽到這個消息的話，肯定會越發相信傅華手裏有黎式申留下的東西了。」

胡瑜非有點為難的說：「可是這樣一來，傅華就越發危險了，你是不是再考慮一下到底要不要這麼做啊？」

楊志欣說：「瑜非，考慮什麼啊，你怎麼到現在還不明白啊，我們給睢心雄設的這個局時間不能拖得太久，如果拖得太久的話，睢心雄一定會看出來我們是在設局騙他的，所以必須要儘快把問題給解決掉才行。我相信如果傅華知道我們這個計畫，他是會同意這麼做的。」

胡瑜非猶豫不決地說：「可是他現在不知道這個計畫啊，我很討厭這種利用朋友的感覺。」

楊志欣果斷地說：「我也不喜歡這種感覺，但是現在沒得選擇，必須要這麼做才行。所以你與其這麼拖泥帶水的，還不如趕緊跟我合計一下要怎樣儘快結束這個局面。只有儘快整倒睢心雄，你、我包括傅華，才能結束這種擔驚受怕的日子。瑜非，你說我說的對不對？」

胡瑜非沉吟了一下，說：「我承認你說的是對的，確實我們需要儘快找出辦法來把睢心雄給整倒才行，不然他是不會讓我們過舒心日子的。」

楊志欣說：「你這麼想就對了，那你是同意我這麼做了？」

胡瑜非說：「我同意，不過我覺得這麼做還不夠，還不足以逼睢心雄出面解決這件事。」

楊志欣問：「那你覺得我們還應該做點什麼呢？」

胡瑜非說：「光有一張睢心雄當年的批覆還不足以說明他的罪行，必須要有什麼跟這張批覆相互呼應才行。」

「相互呼應？」楊志欣不解地說：「你是什麼意思啊，我們要拿什麼來呼應呢？」

胡瑜非說：「要想跟這張批覆呼應，必須有人將邵靜邦當年的案子鬧騰起來，只有這樣，公眾才會把視線放到這個案子上，才會注意到這個案子的疑點。」

楊志欣點點頭：「傅華講了黎式申留下的東西跟邵靜邦的案子有關之後，我專門找了這個案子的資料研究了一下，發現這個案子還真是疑點重重，比方說，邵靜邦僅僅是一個財政廳的副廳長，他憑什麼將三億資金從嘉江省財政的帳戶上挪走？相關的領導對此究竟知不知情？」

胡瑜非接口說：「還有，為什麼邵靜邦的案子審判執行的那麼快？通常一個死刑案的犯人從判決到被執行，需要幾個月的時間，而邵靜邦的案子僅僅過了一個半月就被執行死刑了，幾乎是神速，是不是有人想要掩蓋什麼？」

楊志欣說：「這些問題指向的目標都是雎心雄，只要有人出面發出質疑，雎心雄的日子一定不會好過。」

胡瑜非繼續推論說：「最適合發出質疑的人，就是邵靜邦的家人了，我

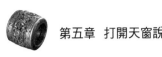

聽說邵靜邦有個女兒在國外留學，你看是不是想辦法聯絡她一下，讓她出面為邵靜邦翻案，把這個案子重新鬧騰起來。」

楊志欣想了想說：「你這個主意很好，如果鬧騰起來，就會喚起人們對這個案子的記憶，而睢心雄當年給邵靜邦的批覆，就會成為整個案子的關鍵了，在這個時候，睢心雄絕對不會讓這個物證出現的，必然會更迫切的想要從傅華手中得到這張批覆，那時候肯定會鋌而走險。瑜非，還是你的點子高明，就按照你說的去做吧，我會馬上就派人聯絡邵靜邦的家人的。」

胡瑜非繼續分析說：「如果這時候出現那張批覆，那麼社會大眾就會明白邵靜邦的案子是個冤案，邵靜邦不過是個替罪羔羊而已，真正的罪魁禍首是睢心雄。」

楊志欣又說：「我知道你擔心傅華的安危，你放心，這一刻起，我會讓那些一直在暗中保護傅華的武警們打起十二分的精神，一刻也不放鬆，確保睢心雄的人沒有任何機會能夠傷到傅華。這樣總行了吧？」

胡瑜非無奈地說：「不行又能怎麼辦啊？只好照你說的這樣去做啦。」

楊志欣說：「還有，既然要鬧騰，為什麼我們不乾脆把事情鬧得大一點？現在羅宏明的資料可以證實當初侵吞國資的案子也是一樁冤案，那為什麼不聯絡羅宏明，讓羅宏明也把他的案子鬧起來呢？就讓他在美國發表聲明，指睢心雄才是陷害他的幕後主使者。」

胡瑜非笑說：「這麼一搞，睢心雄恐怕是腹背受敵了，到時候不鬧他一個焦頭爛額才怪。」

楊志欣說：「就是要讓他焦頭爛額，這樣他才會在忙亂中犯下不可挽回的錯誤，我們也才有贏過他的機會。」

海川市政府，代市長姚巍山辦公室。

姚巍山正在聽取簡京關於化工賓館拍賣情況的彙報。姚巍山雖然不再幫李衛高跟何飛軍爭化工賓館了，但是不代表他不再關注化工賓館的出售事宜，他一直在注視著何飛軍要怎麼操作購買化工賓館。

姚巍山相信何飛軍一定會在其中動手腳，現在的拍賣，競拍人鮮少有不採用一些手法保證拍下被拍賣的物品，何飛軍當然不會例外，姚巍山甚至認為，何飛軍可能還會因為掌控了這次拍賣的全局，而採取一些更加肆無忌憚的手法。

姚巍山就想等著何飛軍這麼做，然後再根據具體情形想辦法來對付何飛軍。現在何飛軍的存在對姚巍山來說如鯁在喉，不除掉他，姚巍山心裏怎麼也痛快不起來。

雖然明知何飛軍會動手腳，但是真正看到何飛軍動的手腳之後，姚巍山還是不禁感到錯愕，按照姚巍山的設想，何飛軍應該會讓那個姓吳的老闆以底價拍下化工賓館，但是何飛軍的操作手法居然是讓這場拍賣流拍。一個各方都看好且價廉物美的拍賣物居然會沒有人要買，顯然是不符合邏輯的，明眼人一看就知道這其中有問題。

姚巍山明白其中的關竅在哪裡，流拍也就意味著再次拍賣的時候，要降低一定比例的拍賣價格，這樣何飛軍就能幫那個吳老闆從中賺取更多的利益，相對的，何飛軍能從吳老闆那裏得到的好處也就更多了。這何飛軍也太貪婪了吧？

簡京把大致過程講了，姚巍山裝作不解的問道：「怎麼會流拍呢？是你們準備的不夠充分，還是什麼地方出現了失誤？」

簡京當然不肯承認是他的工作有問題，叫屈說：「姚市長，我們怎麼敢準備的不充分啊，事先我們都按照標準流程發佈了拍賣公告，也有不少人來登記並繳納了保證金，取得競拍的資格，從程序上看，這次的拍賣應該問題不大的。」

「那照你這麼說，不應該流拍才對啊？」姚巍山不滿地說：「好了，你別在我面前說一些冠冕堂皇的話了，現在就我和你兩個人，你老實說，這次流拍是不是何副市長暗示你這麼做的？」

簡京不敢貿然的把事實講出來，搖搖頭說：「何副市長沒有做這樣的暗示。」

姚巍山瞪了簡京一眼，嚴肅地說：「我只是想瞭解事情的真相，並不是想追究什麼。我再問你一遍，是不是何飛軍暗示你的？」

姚巍山眼看隱瞞不了，苦笑了一下，說：「姚市長，我也沒想到會是這個結果，何副市長倒沒跟我說要讓這次拍賣流拍，他只是建議我，說吳老闆是比較合適的買主。」

姚巍山詫異地說：「既然他沒讓你流拍，那流拍了是怎麼回事？」

簡京苦著臉說：「競拍前我只是按照何副市長的指示，對有實力的競拍者做了一點暗示，說這個賓館，海川市政府已經有了屬意的競買人，希望他們能配合，不要競拍，否則就算是拍下這個賓館，恐怕也很難能夠順利經營這家賓館的。」

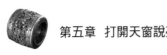

姚巍山說：「那也不至於流拍啊？」

簡京說：「流拍是因為那個吳老闆雖然到了拍賣現場，卻沒有舉牌參與競拍，其他到現場的人也不知道是不是因為吳老闆和何副市長事先做了協調，因而也不敢參與競拍，所以就流拍了。」

姚巍山總算弄明白流拍的原因，應該是簡京事前的工作做得太到位，成功的阻攔了真正想要買化工賓館的那些買家。而吳老闆到現場，可能只是想看看現場的情形，結果發現沒人競拍，乾脆就有意讓這次拍賣流拍了，想明白了事情的前因後果，姚巍山就放簡京離開了，自己坐在那裏想著要怎麼處理這件事。

按說造成流拍的後果，姚巍山是可以安排調查一下這件事的，但是姚巍山擔心何飛軍會因此跟他鬧事，對他搞出一些無賴的行徑來，姚巍山並不想拿自己的市長轉正來給何飛軍做墊背，卻也不願意就這麼看著何飛軍為所欲為。

想了半天，他決定還是把這件事交給孫守義去處理。孫守義是市委書記，總管海川市的全局工作，也有職責來處理這件事。最重要的一點是，孫守義現在也恨何飛軍入骨，可能也想找機會整何飛軍。

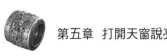

姚巍山就打電話給孫守義，說有事情要彙報，孫守義就讓他過去辦公室談，姚巍山就去了孫守義的辦公室。

孫守義看到他說：「什麼事啊，老姚？」

姚巍山告狀說：「是跟何副市長有關的事。」

一聽到跟何飛軍有關，孫守義的眉頭就皺了起來。

孫守義本來是一個很有智謀的人，做事、管理人員都有自己的一套，現在卻被何飛軍搞得束手無策，只能看著何飛軍繼續趾高氣昂的做他的副市長。這可讓孫守義鬱悶壞了。

因為何飛軍的事，孫守義心中對姚巍山也有些看法，不知道他所謂的能力都到哪裏去了。

看姚巍山似乎又遇到了與何飛軍有關的麻煩，想讓他幫忙解決問題，無奈地說：「這何飛軍又鬧出什麼么蛾子了？」

姚巍山說：「孫書記，您聽說了化工賓館流拍的事嗎？」

孫守義還真不知道化工賓館流拍的事，他每天都是忙個不停，不可能每件事都關注到，便搖搖頭說：「我不知道這件事，怎麼了，這裏面有什麼問題嗎？」

姚巍山大為懷疑地說：「是的，我認為這裏面大有問題，化工賓館的位置您也知道，可說是地理位置優越；而且這次的起拍價格設置的很低，沒有理由會流拍。」

孫守義看了姚巍山一眼，說：「你認為是何飛軍從中搞的鬼？」

姚巍山申訴說：「不是我認為，而是確實就是何飛軍搞的鬼，我私下跟主持這次拍賣的簡京瞭解過，這次流拍根本就是何飛軍設計的，目的是讓市裏降低已經很低的起拍價，讓他的朋友吳老闆拍下這個賓館的時候，能夠賺取更多的利潤。」

姚巍山義憤填膺地對孫守義說：「孫書記，大眾眼中是有一桿秤的，如果化工賓館拍賣的價格太低，會讓民眾對我們海川的領導班子有負面看法的。」

孫守義面色凝重起來，何飛軍這麼做確實對他和姚巍山很不利，如果對何飛軍這麼明顯的違規行為聽之任之，民眾會因此把不滿的矛頭對準他的。

孫守義看了一眼姚巍山，說：「老姚，你想怎麼處理這件事啊？」

姚巍山獻計說：「我是想建議市委，安排紀委的同志調查一下整個競標過程。」

孫守義並不想讓紀委插手這件事，他知道姚巍山這是想要把責任推給市委這邊，讓他這個市委書記出面背這個黑鍋去對抗何飛軍。孫守義不想接這個招，他可不願意給姚巍山當擋箭牌。

孫守義就笑了一下說：「老姚啊，事情還沒有到要動用紀委的程度吧？你談到的這些情況都是簡京私下的說法，也沒什麼證據能夠證明何飛軍真是有不法的行為。」

姚巍山見孫守義不同意，倒也不堅持非要動用紀委，就笑了笑說：「是啊，孫書記，我回過頭來再一想，就覺得這個想法是有些不成熟了。我想，這件事並不宜鬧得太大，鬧大了對我們海川市的形象也很不好，最好是低調處理比較好。孫書記，那您看能不能跟他好好的談一談，說服他不要再干預化工賓館出售的事了？本來我是想自己跟他談的，但是我畢竟還是代市長，總不如您出面的好。」

孫守義當下立即的反應是想拒絕姚巍山這個建議，但隨即他就打消了這個念頭，他是海川的最高領導，他如果拒絕，那這件事再交給誰來處理啊？難道說把問題上交給省裏去處理？再說，他總不能表現出怕一個副市長吧？因此孫守義雖然心中有一萬個不願意，卻不得不硬著頭皮答應下來。

第六章

危險信號

孫守義覺得他被姚巍山羞辱了。
孫守義意識到，姚巍山敢這麼做，
是發出了一個危險的信號，姚巍山代市長還沒有轉正，
就敢這麼暗地裏算計他這個市委書記，那以後轉正了，
還不知道會怎麼肆無忌憚的對付他呢。

十幾分鐘後，何飛軍來到孫守義的辦公室。

孫守義冷冷地說了聲：「坐吧。」

看孫守義對他冷淡的樣子，何飛軍自然也沒有什麼好態度，斜睨了孫守義一眼說：「孫書記找我來，有什麼事嗎？」

看何飛軍一副無賴的樣子，孫守義的氣越發不打一處來，強自壓住心頭的怒火，儘量平和的說道：「是這樣的，飛軍同志，市裏的化工賓館出售是你分管的吧？」

見孫守義提及化工賓館，何飛軍就知道問題出在化工賓館的流拍上了。他很後悔不該那麼貪心，競拍前，何飛軍其實只打算讓吳老闆底價成交的，但是吳老闆提出了流拍的建議，說服他這樣能賺取的利潤更多，他就是被這句話給打動了，因而鬼迷心竅的答應了吳老闆。

事後他才意識到流拍一定會引起某些有心人對這件事的關注，他和吳老闆可能弄巧成拙了，果然孫守義就過問這件事了。

不過，何飛軍並沒有因此感到害怕，上次的自殺事件讓他看穿了孫守義的底牌，摸清了孫守義外表的威嚴姿態不過是一種假象而已，其實是不堪一擊的，便冷哼一聲說：「是我分管的，有什麼問題嗎？」

孫守義說：「有同志反映這次拍賣流標，是因為有人從中操縱的結果，我找你來，是想……」

何飛軍沒等孫守義說完，就氣急敗壞的說：「胡說八道！孫書記，你說話可得講證據，是誰說有人操縱的？又被誰操縱了？說這話的人有證據嗎？」

看來何飛軍是心虛了，所以才這麼虛張聲勢地大聲叫嚷，孫守義不高興地說：「你急什麼，我的話還沒說完呢，我說過是你有問題嗎？我叫你來，是因為這件事是你分管的，我想瞭解一下究竟有沒有這件事。」

何飛軍死鴨子嘴硬地說：「當然沒有了，拍賣之所以流拍，是因為化工賓館資產有問題，起價又高，競拍人對它信心不足，沒有人競拍，所以才會流拍的。」

孫守義反問：「既然是這樣，你急什麼啊？還是其實不是這樣，根本就是你在其中操作的緣故啊？」

何飛軍沒想到孫守義會抓著他話中的漏洞，把矛頭指向他，氣急敗壞地說：「孫書記，話可不能隨便亂講，你說是我在其中操作，能拿出證據來嗎？拿不出證據就亂講話，我是可以告你誹謗的。」

孫守義不怕威脅地說：「飛軍同志，你要證據還不簡單？成立個調查小組查一下，你從沒從中操作不就水落石出了嗎？」

何飛軍心裏咯登一下，如果真要調查起來，難保不會真的查出點什麼來，便虛張聲勢地說：「你要查隨便你，反正你早就想找機會整我了。」

孫守義教訓說：「飛軍同志，請你注意一下態度，什麼叫我早就想找機會整你了，我找你來是想瞭解情況，也沒有明指是你從中操作，你這麼氣急敗壞的幹什麼？」

何飛軍暗自盤算著該用什麼態度對付孫守義，他已經跟孫守義和姚巍山鬧翻了，因此絕對不能低頭服軟，反正他命都可以不要了，還怕別的嗎？不妨再豁出去一次，孫守義想要靠上司的威嚴壓服他，想都別想！

何飛軍皮笑肉不笑地說：「孫書記，你不要拿出那副道貌岸然的樣子了，你和我心裏都很清楚我們之間是怎麼一回事，索性就敞開了說吧。」

看何飛軍一副無所謂的樣子，孫守義知道要壞事了，趕忙說：「飛軍同志，我不懂你是什麼意思，我是在跟你談工作，希望你態度端正一點，別扯什麼私人之間的事。」

何飛軍冷笑說：「別拿市委書記這一套來對付我了，什麼要談工作，不扯私人的事，好像你是一個公私分明的人一樣，我們之間從來都是工作和私人糾葛不清的。好吧，你不是想知道流拍是不是我操縱出來的嗎？行，我就明白的告訴你吧，就是我操縱出來的。」

「行啊，飛軍同志，你敢承認就好，你也知道官員操縱拍賣是違法的行為，你剛才說的話，我就當作你是跟我自首了，我現在就通知紀委書記陳昌榮過來，讓他帶你去紀委把事情交代清楚吧。」

孫守義說著，就要抓起桌上的電話打給陳昌榮。

何飛軍卻絲毫不怕地說：「你這麼急幹嘛啊？怕我說出更多的事來嗎？難道我去了紀委就不會說了嗎？所以孫守義，你先耐心的聽我把話講完，講完，你如果認為還有必要讓我去紀委的話，那不用你打電話，我自己直接去找陳昌榮好了。」

聽何飛軍的口氣似乎是拿住了他什麼把柄，孫守義縮回了拿電話的手，戒備地看了何飛軍一眼，說：「行，何飛軍，你想說什麼儘管說吧，我聽就是了。」

何飛軍笑了笑說：「要我說，話可就長了，你可要有耐心聽下去，也要有點紳士風度，不要隨便就拿找紀委的話來打斷我啊。」

孫守義不耐煩地說：「有話就說，有屁快放，囉哩囉唆的幹嘛。」

何飛軍便說：「行，我馬上就說。我要說的第一件事，是顧明麗找私家偵探跟蹤你的事，你一定很奇怪顧明麗為什麼會想要找私家偵探跟蹤你吧？還有她找的私家偵探又查到了什麼？」

孫守義沒想到何飛軍開口就直接說到他被跟蹤這件事上，冷哼說：「何飛軍，你終於肯承認顧明麗是找人跟蹤我了。你可真夠無恥的。」

何飛軍不在乎地說：「我承不承認都一樣，反正你也知道了。要說顧明麗為什麼會找人跟蹤你，這個根由是在我身上。有一次我們一起參加活動，結束後先送你回住處，奇怪的是，我們的大市長回去之後，並沒有趕緊休息，反而偷著溜出來，坐上計程車不知道又去哪裏了。」

孫守義恍然大悟，原來何飛軍是這樣才對自己起了疑心的。不過，他都是等看著沒有人了，才偷著去跟劉麗華幽會的，何飛軍又是怎麼會發現的呢？

孫守義不禁質問：「你怎麼會看到的？難道那時候你就想要窺探我的隱私了？」

何飛軍說：「一開始我並沒有這個想法，當時我是想起了一件事情忘了跟你彙報，於是折返回去時，就看到了這一幕。我心裏奇怪，我們的大市長這是幹什麼？這麼晚出去不會是去考察民情去了吧？我當時想過要跟蹤你，不過我坐的是市政府的車，要是跟去，肯定會被你發現，於是我忍住了好奇心，沒有跟蹤你。」

原來是這樣！何飛軍中途折返，這可是無法事先防備的，難怪會被他發現。孫守義瞪了何飛軍一眼，說：「你當晚雖然沒跟蹤我，不過你還不是事後讓顧明麗出面找私家偵探跟蹤我了嗎？」

何飛軍說：「誰叫你那晚的行蹤太詭異了呢？我如果不搞個明白，心裏總是不踏實。」

孫守義沒好氣的說：「行了，繼續說吧。」

何飛軍接著說：「你當然不會是去考察民情啦，以你做事向來謹慎的習慣，自然也不會隨便出沒娛樂場所，你這張臉在海川辨識度很高，很容易就會被認出來，於是我就猜到你可能是在某個地方有情人了。這也不奇怪，你為了權力娶了一個醜得不行的女人，自然會想用野花來彌補家花的不足了。」

「何飛軍，你個混蛋，不准你污蔑我的妻子。」孫守義氣憤地道。

何飛軍諷刺說：「孫守義，我怎麼覺得你這話這麼可笑呢，你這麼說好像很愛你的妻子一樣，實際上你卻背叛了她，真不知道是我說她醜對她傷害大呢，還是你這個做丈夫的背著她偷腥對她的傷害大呢？」

孫守義不知道何飛軍是否真的抓到了他偷情的證據，死不承認的說：「何飛軍，你別胡說八道，我從沒有背叛過我的妻子。」

何飛軍搖搖頭說：「孫守義啊，這一點我還真是佩服你，假話說的跟真的一樣，但你騙別人可以，騙不了我的。雖然私家偵探沒找到你的情人究竟是誰，卻發現你多次在深夜離開住處，去向不明，我想最合理的解釋，就是你在海川至少有一個情人。」

聽到這裏，孫守義稍微鬆了口氣，聽來何飛軍還沒發現劉麗華是他的情人，那他就無需太擔心了，再合理的推測也只是推測，不能成為事實，何飛軍是無法僅憑這一點就證明他有偷情行為的。

孫守義嘴硬地說：「何飛軍，我真是不知道說你什麼好，你就憑著這種不著邊際的揣測，就能證明我背叛了妻子嗎？簡直是無理取鬧。」

何飛軍壞笑說：「當然啦，這些如果上法庭作為呈堂證供，肯定是不夠的，但是我不需要把這些當做呈堂證供，我只需要要引起某些人的合理懷疑就足夠了。」

何飛軍看著孫守義說道：「比方說你那個出身高官家庭的妻子，你說，她聽到了這些，她是會相信我呢，還是會相信你呢？還有，我如果把這個情況跟上面彙報，組織會不會覺得你這個市委書記在深夜神出鬼沒的行為很令人生疑呢？」

孫守義的神情明顯有些不自在起來，何飛軍算是抓到了他的要害，他已有偷情前科，如果讓沈佳知道他深夜去向不明，肯定會懷疑他故態復萌，引發一場家庭風波的；更別說是上報組織了。

孫守義惡狠狠的瞪著何飛軍，說：「何飛軍，你混蛋，我當初怎麼會瞎了眼去提拔你啊？」

何飛軍笑說：「孫守義，你別把自己說得好像是我的恩人一樣，你提拔我不是因為賞識我，而是覺得我老實肯聽你的話，能聽你使喚，這才提拔我的吧？所以你也不用跟我表功，我們是互有所需。」

孫守義心寒地說：「我提拔你也好，各取所需也好，我總是給了你機會，你居然對我一點感激之情都沒有，真是忘恩負義。」

「我忘恩負義？」何飛軍冷笑說：「孫守義，你的臉皮真是夠厚了，好像你對我有多大的恩情似的，你別以為我不知道你派我去黨校學習究竟是怎麼一回事。」

何飛軍從黨校學習回來後，發現組織部們根本就沒有因為他去學習了一番，就對他有提拔重用的意思。對此何飛軍難免有些納悶，既然上面沒有要提拔他的意思，為什麼還要將他派出去學習呢？

何飛軍在東海政壇也算是混了多年，多少也有些人脈，就找人去組織部調查了一下，想弄明白他被派去學習的理由。

結果不查還好，一查簡直把何飛軍的鼻子給氣歪了。原來這次的學習根本就沒有何飛軍什麼事，是白部長突然將他加進了名單當中，這時何飛軍才知道他根本就是被人家擺了一道。

他跟白部長扯不上什麼關係，白部長將他加入學習的名單，絕非是因為他本身的緣故。而他身邊的人當中，唯一能跟白部長扯上關係的，就是孫守義了，於是他去黨校學習就有了合理的解釋，一定是孫守義對他起了疑心，不想再用他了，才讓白部長將他從海川現有的崗位上調開，更將他分管的工業部門拱手讓出來。

在此之前，何飛軍以為調整他分工是姚巍山跟他玩的把戲，孫守義只不過是附和姚巍山而已，現在他才明白即使沒有姚巍山，孫守義也會想辦法把他從分管工業的位置上拿下來，孫守義真是夠陰險的。

看到何飛軍當面拆穿了他，孫守義也不需要再偽裝什麼了，就譏諷地說：「你這個傻瓜被我耍了這麼久，總算是開竅了。是啊，黨校的事是我找白部長安排的，你大概還做美夢，等著上面重用你吧？」

何飛軍忍不住罵道：「孫守義，你竟敢耍我，枉我以前那麼盡心盡力的為你辦事。」

看到何飛軍氣哼哼的樣子，孫守義心裏感到了一絲愜意，總算是在何飛軍面前找回了一點面子。

「盡心盡力的辦事，」孫守義忿忿地道：「你別往自己臉上貼金了，你什麼時候盡心盡力的辦事過了？你那時候根本就只顧著跟顧明麗鬼混，鬧得海川漫天風雨，海川的形象也因你而蒙羞，你倒好，居然還恬不知恥的離婚娶顧明麗，我再不想辦法整你一下，你們還不知道會做出什麼更加令人不齒的行為來呢。」

何飛軍冷嘲熱諷地說：「我和顧明麗怎麼了？我們再不好，至少也光明正大的在一起，好過你跟情人偷偷摸摸的偷情好吧？」

孫守義反駁說：「你忘了你去北京嫖妓被抓的事了嗎？」

何飛軍火大地叫道：「孫守義，說起這件事來，我還沒找你算賬呢！網路上那篇帖子是你搞出來的吧？你究竟想幹嘛，非要害死我不可嗎？」

孫守義冷笑說：「我就是要整死你，可惜的是傅華當初救你的時候，工作做得太成功了，什麼能證明你嫖妓的資料都沒有，不然的話，我那次就整死你了，你還想做分管工業的副市長，做夢去吧你！」

何飛軍回擊說：「孫守義，你是不是腦子糊塗了？我嫖妓被抓，傅華那混蛋是跟你做了彙報的，這件事如果被追究，你也有知情不報的責任，所以你還是老實一點吧，別到時事情揭發出來，大家都不好過。」

孫守義氣說：「我當時是為了保護你才把事情掩蓋下來的，你居然還敢拿這件事來威脅我？你還是人嗎？」

何飛軍忍不住笑了起來，說：「孫守義，你這話說的真是好笑，說了半天，你才明白我是在威脅你啊？我跟你說這麼多，就是想告訴你，你和我一樣也是不乾淨的，別老是在背後搞小動作想要算計我，你真要出賣了我，我就豁出去，跟你鬧個魚死網破好了。」

「你！」孫守義真是氣壞了，叫道：「你居然敢這麼赤裸裸的來威脅我？」

何飛軍冷眼旁觀地說：「行了，孫守義，你別生氣了，氣壞了身子骨多不值得啊？你放心，只要你不來干涉我的事，我也不會找你麻煩的。特別是這次化工賓館拍賣的事，我已經答應吳老闆要幫他拿下的，我勸你最好不要插手管這件事。大家井水不犯河水，你當你的市委書記，我撈我的錢，大家各得其所，多好啊。」

孫守義深吸了一口氣，讓自己儘量冷靜下來，他知道自己在這個時候不能生氣，那會讓他失了分寸。

冷靜一會兒之後，孫守義恢復了理智，問說：「何飛軍，我如果非要管化工賓館這件事呢？」

何飛軍笑了起來，說：「那你就是自找沒趣了，孫守義，你如果攪了我的好事，我就豁出去好好跟你鬥上一場，反正我已經被你逼上了絕路，也只有死抗到底了。」

孫守義冷笑說：「何飛軍，就憑你說的這些捕風捉影的事，你就想跟我死抗到底，別做夢了。」

何飛軍放狠話說：「孫守義，你先別囂張，你別以為我沒什麼辦法對付你，別的不說，我就安排一個人二十四小時盯著你，你走到哪兒跟到哪兒，我就不信找不出你的情人來。到那時候，我倒要看看是你哭呢還是我哭。」

孫守義回嘴說：「何飛軍，你以為這樣子就能吃定我了嗎？你能豁出去，難道我就不能豁出去了嗎？」

何飛軍老神在在地笑說：「孫守義，別在我面前裝硬漢了，你能跟我比嗎？你是市委書記，還有大好的前途在，我呢，我已經是被你和姚巍山逼到牆根的人了，正所謂光腳不怕穿鞋的，我沒有什麼不能豁出去的，你行嗎？」

何飛軍說到這裏站了起來，說：「孫守義，這一點你要跟姚巍山學，他本來也要爭取化工賓館，一聽說我也幫朋友爭取這個標案，馬上就退避三舍了，你看人家多聰明啊！好了，言盡於此，你要怎麼辦隨便你了。」

何飛軍說完就揚長而去了，孫守義卻坐在那裏好長時間都沒動彈，他在想的是何飛軍離開前所說的最後一句話，從這句話裏，他才知道姚巍山一開始也打過化工賓館的主意。所以他來找他出面去跟何飛軍談話，並不是因為覺得何飛軍的行為不好，而是不敢明著跟何飛軍爭奪這個化工賓館，想暗地裏借他的手算計何飛軍。

剛才被何飛軍那麼羞辱，孫守義雖然生氣，倒也沒覺得怎麼樣，何飛軍本來就是這麼無賴的人，他早有心理準備；但是他發現姚巍山利用他，真是氣不打一處來，這讓一向自視甚高的孫守義無法忍受。

一個人最難接受的就是別人對他的欺騙，尤其是他以為是在幫這個人忙的時候。

孫守義之所以願意跟何飛軍談這一次話，很大程度上是認為他是在幫姚巍山解決麻煩，現在赫然發現他根本就是被姚巍山利用，成為姚巍山對付何飛軍的工具，這讓孫守義覺得他不是被何飛軍羞辱，而是被姚巍山羞辱了。原來姚巍山所謂的「能力」是在這裏啊，做正事沒本事，玩心計卻很有一套！

同時孫守義意識到，姚巍山敢這麼做，是發出了一個危險的信號，姚巍山代市長還沒有轉正，就敢這麼暗地裏算計他這個市委書記，那以後轉正了，還不知道會怎麼肆無忌憚的對付他呢。

不過，這是不是何飛軍想要離間他和姚巍山而故意玩的花招呢？孫守義心想可別中了何飛軍的圈套，如果因為這件事跟姚巍山有了心結，只會便宜了何飛軍。

孫守義想來想去，覺得還是落實一下比較好，就讓秘書把負責化工賓館拍賣的簡京叫了來。

簡京心情忐忑不安地來到孫守義的辦公室，他猜測孫守義突然找他，一定是因為化工賓館流拍的事，不知道孫守義會不會因為他沒把這件事情處理好而對他有看法。

這件事當中已經有何飛軍和姚巍山兩個市領導的參與，夠讓他頭疼的了，如果再加進來一個孫守義，恐怕更加複雜。簡京暗嘆自己實在夠倒楣了，本來還想負責這個化工賓館拍賣能夠賺點外快呢，現在不但外快沒賺到，還要擠在市領導間受夾板氣，真是有些流年不利啊。

簡京心情忐忑不安地來到孫守義的辦公室，小心的看了看孫守義，說：「孫書記，您找我？」

孫守義笑了笑說：「坐吧，簡京同志，你別緊張，我找你來，只是想向你瞭解一下情況的。」

簡京強笑說：「孫書記，您想瞭解什麼，我一定如實向您彙報。」

孫守義覺得應該先卸掉簡京的心防，這樣才能聽到真實的情況，便說：

「簡京同志，我事先聲明啊，我並不想追究任何人的責任，只是想知道實情，心中好有數應對，所以你不用擔心，知道什麼就講什麼好了。」

簡京點了點頭，說：「孫書記，我一定會如實坦白的。」

孫守義就說：「是這樣，簡京同志，你是負責化工賓館的拍賣事宜吧？」

簡京心說果然是衝著化工賓館的事情來的，點了點頭。

「我想瞭解一下，在化工賓館拍賣前，是不是有市領導出面為什麼人打過招呼？有的話，又是哪些市領導打過招呼了，招呼的內容又是什麼？」孫守義連珠炮似的問。

簡京一聽孫守義的問題，心裏暗自叫苦不迭，孫守義的問題一上來就直接對準了姚巍山和何飛軍，這讓他怎麼回答啊，如果照實講，他必然會同時開罪姚巍山和何飛軍。

更重要的是他不清楚孫守義對這件事是什麼態度，是想維護何飛軍呢，還是維護姚巍山？還是兩個都不維護?!在狀況不明的情形下，他更不敢隨便說話了。

他不由得暗自罵娘，你們這些大領導要鬥爭，自己去鬥就好了，何必為難我一個小兵呢？簡京苦笑了一下，說：「這個嘛……」

孫守義不高興的說：「簡京同志，這個問題沒有這麼難回答吧？我可警告你啊，我想聽的是真話，如果被我知道你說的是假話，後果是什麼，你自己心裏清楚。」

孫守義接著意有所指地說：「我不妨告訴你，已經有同志跟我反映了相關情況，所以我對這件事並不是一點也不瞭解，你要怎麼回答這個問題，自己斟酌好了。」

簡京左右為難地說：「孫書記，不是我不願意回答您的問題，而是我只是一個負責這項工作的小兵，領導們怎麼說，我就只能怎麼去辦而已。」

孫守義說：「那你就把領導跟你怎麼說的，如實跟我彙報就行了。你放心，我不會跟當事人講你都說了些什麼的。」

到這個地步，簡京也不敢有絲毫隱瞞，坦承說：「是這樣的，是有領導跟我打過招呼，何副市長跟我推薦了一位吳老闆，建議市裏將化工賓館賣給這個吳老闆。」

何飛軍現在跟孫守義鬧翻了，這是海川政壇人人皆知的事，所以簡京先把他供出來，是在打安全牌，好觀察孫守義的態度，看孫守義是否只知道何飛軍來打過招呼，如果是那樣，他就犯不上再把姚巍山交代出來了。

然而簡京玩的這點小伎倆又怎麼能夠瞞得過孫守義呢，他看了簡京一眼，臉上毫無表情的說：「還有呢？」

「還有……就是姚巍山市長，」簡京吞吞吐吐的說：「他也在競拍前跟我打過招呼，推薦了一個叫李衛高的。」

孫守義質問：「這麼說，就是他們都各自推薦了人要來購買化工賓館，一家賓館是不可能同時賣給兩家，那你是怎麼安排的？」

簡京苦笑說：「這兩個領導我都不敢得罪，自然希望他們當中的某一方選擇退步，所以我先跟何副市長說姚市長已經推薦了人要買化工賓館。」

孫守義譏諷說：「你倒挺聰明的啊，你這是想用姚市長的權威嚇退何飛軍啊。」

簡京苦著臉說：「您別笑話我，我這個做下級的遇到這種情況也很難做啊。」

孫守義笑了笑說：「這我能理解，那何飛軍是怎麼回答你的？」

簡京說：「結果何副市長並沒有要退出的意思，卻說工業這塊工作是他分管的，絲毫不願退讓。」

「那你是怎麼說的？」

簡京說：「我看無法說服何副市長，只好說請何副市長自己去跟姚市長說一聲，結果何副市長卻一口回絕了；我沒辦法，只好自己去找姚市長報告這個情形，姚市長聽完，就讓我權當他沒說過推薦李衛高的話，自動放棄了。」

至此孫守義大致明白了事件經過，姚巍山因為是代市長轉正的敏感時期，所以不敢跟何飛軍硬撼，只好退讓；但是又心有不甘，就想透過他攪了何飛軍的好事。

孫守義心裏暗罵姚巍山不是東西，竟然跟他玩借刀殺人這一招，這口氣可咽不下去，遲早要還給他！

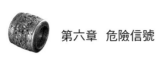

孫守義了解了事情的來龍去脈，便說：「行了，簡京同志，我瞭解了，謝謝你，你可以回去了。」

簡京離開後，孫守義開始琢磨起姚巍山和何飛軍這兩個傢伙來。

他對姚巍山很鄙夷，心想他好不容易被重新啟用，居然就打主意要在國有資產上上下其手了，可見這傢伙不是個手腳乾淨的人。加上那個李衛高明顯就是一個江湖騙子，姚巍山卻跟他往來密切，兩人湊在一起，肯定幹不出什麼好事來。

這一刻，孫守義突然蹦出一個念頭：絕不能讓姚巍山當上正式市長！

姚巍山心機深沉，善於利用身邊的一切事物和人為自己所用，是一個不擇手段的人，孫守義相信只要姚巍山順利度過代市長轉正這段蟄伏期，必然會成為他的強勁對手，最好是趁他羽翼未豐的時候趕緊剷除掉。要不要就趁現在直接把姚巍山給搞掉呢？

這個念頭一起，孫守義自己也被嚇了一跳，這可是犯了政壇大忌，他是海川的市委書記，有責任貫徹實施組織的意圖，讓姚巍山順利當上海川市長，他怎麼可以起了自相矛盾的念頭呢？

孫守義趕忙用力搖搖頭，想把這個念頭給搖出腦袋，轉而開始思考何飛軍的事。

他對何飛軍要幫吳老闆拿下化工賓館這件事要怎麼處理，心中很是有些猶豫不決。他可以輕而易舉的攪黃何飛軍的好事，只是這樣做，後果將會如何，他得好好盤算一番。

何飛軍唯一能威脅他的，就是他深夜外出這一點，但是何飛軍如果真的想拿這個威脅他的話，就要承認找人在深夜跟蹤他，這可不是一件能見得了光的事。

另外就是關於劉麗華的問題。一方面他認為自己該趕快跟劉麗華了斷這段婚外情，心中卻又百般不捨放下她，今天何飛軍再次把這段關係的危險性呈現在他面前，孫守義明白，如果他下不了決心了斷這段關係的話，那就要趕緊除掉何飛軍這個無賴，否則背後總有一雙眼睛在窺探著他，他將會永遠受制於他。

北京。晚上九點。

帝豪國際俱樂部門前擺滿了花籃，一個紅色充氣的拱門上掛著一個橫幅：「帝豪國際俱樂部開張大吉」，橫幅寫著某某人祝賀俱樂部開業的字樣，洋溢著一片開幕的喜慶氣氛。

傅華停好了車，他沒有跟馮葵一起來，以免引起一些不必要的關注。

劉康並沒有特別準備什麼禮物，只是封了一個紅包讓傅華帶來。傅華走上紅地毯，來到設在門前的來賓簽到處。

「喂，你來幹什麼？」簽到處一位盛裝的女子，似乎是負責迎賓的樣子，一看到傅華，臉色就沉了下來，不高興的下逐客令說：「這裏不歡迎你，請你離開。」

傅華一看這個女子，不由得愣住了，正所謂冤家路窄，這個女子竟然是那天睢才燾帶去崑崙飯店吃飯的那個羅茜男！

傅華並沒有離開，反而笑著說：「幸會啊，羅小姐。」

羅茜男冷冷的說：「誰跟你幸會啊，我跟你說了，這裏不歡迎你，你難道聽不見嗎？」

傅華說：「我聽見了，不過，羅小姐你能做得了這個主嗎？」

羅茜男冷笑一聲，說：「我也算是這裏的半個主人，當然能做得了主，現在你可以離開了。」

傅華笑說：「行，我馬上就離開，不過我離開前，請你幫我帶句話給黃易明和羅由豪兩位先生，就說劉康先生和我已經來過了，進不去門就先走了。誒，羅小姐，我的名字，睢才燾告訴過你吧？」

羅茜男不屑的說：「你的名字才燾是告訴我了，你不就叫傅華嗎，一個什麼市的駐京辦主任。那個市太小了，名字我記不住。」

傅華笑了起來，說：「無所謂，我和劉康先生的名字你記住就好了。還有，請跟黃易明和羅由豪先生說，我和劉康先生祝賀他們開業大吉，財源廣進啊。我走了。」

羅茜男冷笑一聲，說：「不送。」

傅華轉身就準備往外走，他本來就不想來參加這場開幕典禮的，只不過是礙於面子不得不敷衍一下，所以巴不得可以趕快離開。

沒想到迎面碰到馮葵走了過來，馮葵看到傅華要走，奇怪地說：「你怎麼剛來就要走啦？」

傅華笑說：「我不想走的，不過門口有人不讓我進去。」

馮葵愣了一下，說：「你不是有請帖嗎？誰敢不讓你進去啊？」

傅華無奈地攤了下手說：「你沒看到門口迎賓的那位嗎，說她是這裏的半個主人，不歡迎我，沒辦法，我只好走人啦。」

「是羅茜男啊？」馮葵笑說：「你怎麼得罪她了？」

傅華說：「那晚在崑崙飯店，睢才燾的女朋友就是她。」

第七章

時勢造英雄

睢心雄不以為然地說：

「強大和弱小不是絕對的，時勢造英雄，

只要有合適的時勢，再弱小的人都有機會成為英雄的。

秦朝強大吧，但是陳勝吳廣這些販夫走卒振臂一呼，

強大的秦朝就崩塌了。」

「原來睢才燾的女朋友就是她啊？」馮葵驚訝的說：「她現在的口味可真重，睢才燾這樣的貨色居然也吃得下。」

傅華訝異地說：「你認識她？她是誰啊，怎麼說是這裏的半個主人？」

馮葵解釋：「我知道她，但跟她沒有什麼往來。她是羅由豪的女兒，羅由豪是俱樂部的股東，她自然算是半個主人啦。」

沒想到睢才燾居然會跟羅由豪的女兒交往，這傢伙真是饑不擇食了，話說睢心雄的整頓中就包括對黑道人士的肅清，羅由豪是北京有名的黑道分子，兒子卻跟這樣人家的女兒交往，這讓傅華感覺真是有夠滑稽。

傅華恍悟說：「原來這女人是這樣一個來歷啊，好了，你進去吧，我要走了。」

馮葵拉著傅華，說：「你不進去，那我去還有什麼意思啊，要不我們一起離開，去我家待一會兒？」

傅華看馮葵眼波流動，媚意橫生，不由得心動起來，就說：「好啊，我們走吧。」

兩人正轉身往外走時，身後傳來黃易明的聲音：

「誒，傅先生、小葵，你們這是跟我開什麼玩笑啊，怎麼都到門口了卻不進去，反倒要走？難道是我什麼地方慢待了你們嗎？」

傅華側頭看了馮葵一眼，小聲說：「黃易明出面，我們走不成了。」

馮葵吐了一下舌頭，說：「這傢伙來得真不是時候。」

兩人只好停下腳步，回過身來，就看到黃易明快步向他們走來，羅茜男則跟在黃易明身旁，說：「黃董，你別管啦，這個男人跟我有過節，是我讓他離開的。您給我個面子，讓他們快走吧。」

黃易明笑著搖搖頭說：「茜男，別任性了，這兩位都是我請來的貴客，我怎麼能讓人家走呢？」

羅茜男臉色沉了下來，說：「黃董，你這是不給我面子了？你可不要為了這個姓傅的，傷了大家的和氣。」

黃易明不為所動地說：「這個面子我恐怕不能給你，要不你讓你父親來，看他是什麼意思吧。」

羅茜男嘟著嘴說：「行，我去叫我爸來趕他們走。」

羅茜男就轉身進了俱樂部，黃易明則是走過來跟馮葵和傅華握手，歉意地說：「兩位別見怪啊，這位是羅董的女兒，被羅董慣壞了，剛才對兩位失禮了。」

傅華笑笑說：「沒事的黃董，上次她跟我在崑崙飯店有點小過節，所以不讓我進去也很正常。」

黃易明不滿地說：「正常什麼啊，我們今天開幕，別說你們是我請來的貴賓，就算是普通的客人，她也不能往外趕啊。」

「老黃啊，我女兒說她要趕一個不是東西的小子離開，你不讓，怎麼回事啊？」

這時，羅茜男帶著一位黑壯的男人從俱樂部裡走了出來。

這個男人有些年紀，卻仍然十分健壯，滿臉的橫肉，額頭左角還有一塊長長的傷疤，一看就知道不是什麼良善之輩，應該就是羅茜男的父親羅由豪了。幸好羅茜男沒有長得像她父親，要不然恐怕這輩子都嫁不出去了。

馮葵笑道：「原來你是一個不是東西的小子啊。」

羅由豪看到傅華，氣勢洶洶的衝著傅華嚷道：「小子，我女兒說的就是你吧？你識相的話趕緊滾，別等我揍你。」

傅華笑說：「我走可以，不過，你能先收下劉康劉董讓我帶來的禮金，我再離開好嗎？他交代我辦好這件事，我總要忠人之事才好。」

羅由豪愣說：「劉爺讓你帶禮金來？你就是他們說的劉爺身邊的那個小

子吧？」

傅華自嘲說：「我跟劉董是朋友，可不是什麼跟在他身邊的小子。」

羅由豪笑了笑，伸手去握住傅華的手，說：「都一樣，看來就是你了。不好意思啊，茜男不知道你的身分，對你不夠禮貌，你別介意啊。」

傅華的手被握得生疼，從這一點上看，這個羅由豪倒是一個性格直爽的人，他笑笑說：「羅董不要這麼客氣，我跟羅小姐有點小誤會，我不會介意的。」

羅茜男走了過來，抱怨說：「爸爸，我不是叫你趕他走嗎？你怎麼倒跟他握起手來了？」

羅由豪靦腆地說：「茜男，爸爸不能趕他走，他是代表劉爺來的，別人的面子我可以不給，劉爺的面子我可不能不給。」

羅茜男氣哼哼地說：「可是這傢伙欺負過才焘。」

羅由豪不屑的說：「欺負就欺負了吧，那個睢才燾女裏女氣的，我看著就討厭，也不知道你究竟喜歡他什麼，叫我說，你趕緊甩了他算了。」

羅茜男越發地不高興了，說：「爸爸，你當著這麼多人的面說才燾，讓我的臉往哪兒擱啊。」

羅由豪笑笑說：「你不用抱怨，我知道你的臉皮沒那麼薄。來你們認識一下，這是我女兒羅茜男，這位是……」

羅由豪指著傅華說：「請問你怎麼稱呼啊？」

羅茜男沒好氣的接口說：「他叫傅華，是一個什麼破市的駐京辦主任，我早就知道了，還用你來介紹。」

羅由豪並沒有因為羅茜男的態度不好而生氣，緩頰說：「既然你知道他是誰了，那就握握手，有什麼誤會看我的面子就算啦。」

傅華覺得這個羅由豪雖然長得粗蠻，但說話倒還算客氣，就伸出手來，說：「對不起，羅小姐，上次的事多有冒犯。」

羅茜男卻不想跟傅華和解，她轉頭看著羅由豪，告狀說：「爸爸，你不知道，這傢伙壞著呢，他那天故意激怒才燾，讓才燾被飯店的保全羞辱，現在倒又來裝好人了。」

羅由豪瞪了羅茜男一眼，說：「茜男，人家傅先生已經主動道歉了，你還想幹什麼？聽話，趕緊跟傅先生握握手，這件事就這樣了。」

羅茜男還想要發脾氣，卻被羅由豪的眼神給瞪了回去，只好伸出手來，沾了一下傅華的手，然後說：「今天看我爸的面子，我不跟你計較。」

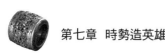

傅華笑說：「那我就多謝羅小姐的大人大量了。」

羅茜男癟了一下嘴，說：「不用說的這麼好聽了，不過我也挺佩服你的，一方面做著一個芝麻大的小官，一方面卻跟劉爺和我爸這樣的人打得火熱，你倒是八面玲瓏啊。」

一旁的黃易明看羅茜男雖然還是有點不太情願，但在羅由豪的施壓下不得不跟傅華握手和解，便走過來說：「這就是傅先生的高明之處了。」

羅茜男沒好氣地說：「什麼高明啊，我看是滑頭才對。」

羅由豪和黃易明都笑了起來。

之後，黃易明又介紹馮葵給羅家父女認識。

羅茜男倒是恩怨分明，對馮葵友善地說：「馮小姐，你別介意啊，我剛才都是因為這個姓傅的，可不是衝著你。」

馮葵笑笑說：「我明白。」

羅茜男好奇地問：「馮小姐，我聽說過你那個會所，據說生意相當好，為什麼突然收了呢？」

馮葵笑著解釋說：「也沒什麼，當初是為了好玩才開的，久了就有點膩了……」

兩個女人唧唧喳喳說著話的時候，傅華也沒閒著，他把禮金交給黃易明和羅由豪，並說明劉康缺席的原因和恭祝俱樂部的話。羅由豪對劉康沒來十分遺憾。

閒聊幾句之後，傅華和馮葵被迎進了俱樂部。

開幕典禮準備在大廳舉行，大廳裏備有西式餐點，漂亮的女服務生在裏面穿梭著，剪綵的嘉賓還沒到，所以典禮還沒開始。

傅華和馮葵找了個地方坐了下來。馮葵不禁問道：「他們說的劉爺究竟是個什麼樣的人啊，看他們對他那麼尊重，我真想見見他是怎樣的一號人物。」

傅華笑笑說：「你想見他我也不能讓你見，他跟老大的父親是朋友，我帶你去見他，豈不是給自己找麻煩！」

馮葵失望地說：「那還是算了。誒，你對剛才的羅家父女怎麼看啊？」

傅華說：「做父親的看上去有些橫蠻，不過挺豪邁有趣的；女兒則是任性的千金大小姐，別的我看不出來。」

馮葵說：「你可別小看這個羅茜男，據說羅由豪的公司都是靠這個女兒在支撐的。」

傅華說：「這點我倒是看得出來，這個羅由豪打打殺殺可以，動腦筋做生意就難說了。羅茜男很聰明，那天我戲弄睢才燾，睢才燾根本就不知道我設了圈套讓他往裏跳，她卻一眼就看穿了。」

馮葵警告說：「你對她小心一點吧，我看她對你很有芥蒂。據說以前她是個小太妹，跟男孩子一樣打架、鬧事、喝酒，什麼都幹，所以你還是儘量少去惹她，免得惹毛了她，她拎著刀找你拼命。」

傅華吐了一下舌頭，說：「這麼厲害啊？那我還是少惹她比較好。誒，今天睢才燾怎麼沒露面啊？他女朋友的俱樂部開業，他應該來捧場才對啊。」

馮葵說：「他應該不會出現在這種場合的，睢心雄現在的處境很尷尬，如果再傳出他兒子出入夜店或俱樂部，那他的形象將會遭到很大損害的。對了，睢才燾上次找過你之後，睢家父子有沒有什麼新的舉動啊？」

傅華搖搖頭，說：「沒有，這幾天睢家很平靜。」

這時，帝豪國際邀請的剪綵嘉賓到了，嘉賓是香港著名的男歌星林樂，林樂是天下娛樂的簽約藝人，俱樂部請他來做嘉賓，倒是肥水不落外人田。開幕典禮正式開始。黃易明先對到場的嘉賓表示歡迎之意，然後是林樂致辭，接著就由黃易明、羅由豪、林樂三人進行剪綵。隨後林樂演唱了他的經典歌曲，現場氣氛在他的歌聲中被炒熱。

林樂唱完歌，就先離開了，接下來是俱樂部安排的表演。看了一會兒，傅華和馮葵就有些厭了，於是跟黃易明和羅由豪道別，離開了俱樂部。

經過這番折騰，時間已經很晚了，馮葵雖然很渴望跟傅華幽會，但是時間上明顯來不及，只好依依不捨的跟傅華分了手。

傅華開車回家，一路上無事，不久到了笙篁雅舍，傅華停好車就要上樓。

突然停車場的暗影裏，一個男人的聲音在後面說道：「傅先生，請留步，我想跟你好好談一談，可以嗎？」

雖然男人說話的聲音很輕柔，語氣也很客氣，但是在寂靜的夜晚忽然冒出一個這樣的聲音，著實把毫無心理準備的傅華嚇了一跳。

他轉頭看向暗影，聲音顫抖的問道：「誰在那裏？」

「傅先生，你不用怕，是我，雎心雄。」說著，雎心雄就從暗影裏走了出來。

傅華看了看雎心雄周圍，這麼晚雎心雄出現在他面前，不知道想幹什麼，能不害怕嗎？誰知道雎心雄有沒有埋伏其他人呢?!

雎心雄笑說：「傅先生，你對著黎式申的槍口都不覺得害怕，怎麼對著我一個人卻害怕了呢？」

傅華不禁說道：「雎書記，您對我來說可比黎式申的槍口更可怕啊，黎式申的槍口我可以控制得住，您可不是我能控制得住的。」

雎心雄呵呵笑了起來，說：「你這話說的有意思。你放寬心，我今天來並無惡意，只是想跟傅先生開誠佈公的談一談。為了能讓我們的談話不受干擾，也為了表示我的誠意，我是一個人過來的，所以你不用再看了，沒有別人的。」

傅華納悶地說：「不知道雎書記這麼晚找我，是要跟我談什麼呢？」

雎心雄說：「說實話，我也不知道要跟你談什麼，我們就隨便聊聊，行嗎？」

傅華遲疑了一下，他相信雎心雄特意來找他，絕非只是隨便聊聊而已，就說：「可以啊，雎書記。」

雎心雄說：「我注意到你們社區裏有一條長廊，我們去那裏坐下來談吧。」

兩人就在社區的長廊裏坐了下來。

傅華看了看睢心雄，試探地說：「睢書記，您這次來北京，行程並不公開吧？」

睢心雄笑說：「你不用說的這麼好聽了，不錯，我是偷著來的。」

傅華看了一眼睢心雄，說：「睢書記是專門為了我跑來北京的？」

睢心雄點點頭，說：「不錯，一直以來，我都認為我的對手是胡瑜非和楊志欣，你只是一個小小的駐京辦主任，不過是這兩人的附庸而已，根本不是我的對手。今天我才意識到我犯了一個極大的錯誤，這個錯誤就是我太輕視你了。」

傅華自嘲說：「睢書記，我太弱小了，不是一個量級的，根本就夠不上你和楊書記的層次，您拿我當對手，實在是太高看我了。」

睢心雄不以為然地說：「強大和弱小不是絕對的，時勢造英雄，只要有合適的時勢，再弱小的人都有機會成為英雄的。秦朝強大吧，但是陳勝吳廣這些販夫走卒振臂一呼，強大的秦朝就崩塌了。」

傅華趕忙說：「睢書記，我可沒想過要去做英雄的。」

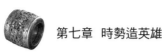

睢心雄笑了起來，說：「那些時勢造出來的英雄，在成為英雄之前，都沒想過他們會成為英雄的。其實英雄大多是平凡人，只是在成為英雄後被神化了而已。誒，傅先生，我可不可以問你一個問題，你的人生理想是什麼？」

「我的理想？」傅華愣了一下，說：「您這個問題問的我有點不知道該如何回答你了。」

睢心雄說：「我們就是在閒聊，你隨便說。」

傅華想了想說：「這個還真不好說，大學的時候，我的理想是成為一個著名的學者，跟著我的老師張凡好好做一番學問，他當時很賞識我，認為我可以在經濟學方面有一番造詣。」

睢心雄問：「你的理想只有學術上的嗎？就沒有想過家庭什麼的？」

傅華說：「當然有啦，就是跟當時的女友郭靜結婚，我很愛她，然後生兒育女，共組家庭。」

睢心雄驚訝的說：「你的老師就是那個著名的學者張凡？哦，我想起來了，我看過你的資料，你畢業於北大，張凡教授教過你。不過，為什麼你沒做學者，反而成了海川的駐京辦主任了呢？」

傅華回憶說：「這就是命運的安排了，我畢業時，母親患上重病，我不得不回到海川照顧她，也為了有一個好的照顧她的環境，我選擇去海川市政府工作，做了當時副市長曲煒的秘書。」

睢心雄說：「那你的女朋友呢，她跟你去海川了嗎？」

傅華慘笑說：「沒有，她跟我分手，留在北京，嫁給了別人。」

睢心雄不禁說道：「你的理想和現實之間差別的可真是懸殊啊。」

傅華笑笑說：「是啊，理想只是你想要的生活，是虛幻的；而現實則是你不得不接受的生活，即使苦澀，你也得承受。我母親的身體狀況逼迫我必須要回到海川，即使是放棄自己的理想，我也不得不這麼做。」

睢心雄聽了說：「想不到你還是個孝子啊。」

傅華感慨說：「做孝子是有代價的。誒，不說這些了，還是說我怎麼成了駐京辦主任的吧，後來我母親過世，我想離開海川換個環境，曲市長為了留住我，就讓我來駐京辦了。」

睢心雄提出疑問：「其實那時候你不做這個駐京辦主任，重回校園，應該還是可以實現你做學者的理想的。」

「張凡老師也這麼勸過我，被我拒絕了。」傅華嘆說：「我知道不行

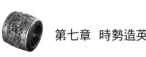

的，時過境遷，我已經很難收拾起心情再走進校園了。做學者的理想對我來說早已成為不切實際的目標了。而我到了駐京辦後，不是忙於雞毛蒜皮的瑣事，就是糾纏於政壇爭權奪利的紛爭中，一晃多年，我依舊是一個小小的駐京辦主任，理想中的事業連個影子都沒有。」

說到這裏，傅華看了看睢心雄，說：「最可笑的是，我已經習慣了這種生活，不思進取了，有好幾次別人給我機會改變這種生活，我都乾脆的拒絕了。您是不是覺得我很沒出息啊？」

傅華像是在跟一個父執輩聊心事一樣，對睢心雄暢所欲言，想不到睢心雄也有平和的一面，能讓他這個應該算是對手的人放下心防，說起了心底很少跟人說起的思緒。

睢心雄很能理解地說：「這不能怪你，人大多都是這樣，在某種氛圍中生活久了，就會慢慢的被這種氛圍所同化，這就會讓你有一種惰性，不想再去改變這種氛圍了。其實你也不用這麼貶低自己，我瞭解了一下，你這個駐京辦主任做得很不錯的，許多大集團都是你拉到海川去的，你在北京的交際圈也是非富即貴，有著不小的影響力，也算是一份事業了。」

傅華詫異地說：「您說這也算是一份事業嗎？」

睢心雄笑笑說：「當然算，只不過人心都是不滿足的，總覺得自己可以做得更好罷了。傅先生想不想知道我最初的理想是什麼？」

傅華好奇地說：「願聞其詳。」

睢心雄說：「很多人都以為像我這樣的家庭出來的人，理想一定是在政治上有所作為。」

「難道不是嗎？」傅華反問。

睢心雄說：「其實我最初的理想是想要像胡瑜非那樣，做一個成功的商人，賺很多的錢，成為一個富可敵國的富翁。」

傅華忍不住笑了起來，說：「這還真看不出來，我很難想像您賣東西收錢的樣子。」

睢心雄臉上浮現出神往的神情，說：「其實人都是一樣的，別人賣東西什麼樣子，我就是什麼樣子的啊。」

傅華說：「那您後來為什麼沒走從商這條路呢？以您家庭的資源，不難做到天策集團的程度的。」

睢心雄有點不屑的說：「天策集團算什麼，我真要做的話，肯定會比胡瑜非要做得好。我之所以沒有走上從商的路，套用你的話，就是命運的安排。我父親在十年非常時期的經歷，你應該也知道吧？」

傅華點點頭說：「我知道，您父親在那時候受過非常大的衝擊。」

睢心雄感嘆說：「那是一個誰都無法倖免的時代，受他連累，我也從社會的寵兒一下子變成了黑五類，那種感覺就像是從天堂掉到了地獄。也就是在那時候，我改變了最初做商人的想法，我決定只要有機會，一定要從政，而且要利用一切可利用的資源，衝刺到政壇的最巔峰。」

睢心雄轉頭看著傅華，說：「你知道是為什麼讓我有這個想法的嗎？是因為我看到了權力的力量，最巔峰的權力可以創造一切，也可以摧毀一切，甚至可以改變現有的社會秩序。而商人即使賺取了天大的財富，在權力面前也是不堪一擊的。」

睢心雄繼續說道：「所以當我父親恢復職務之後，我就在他的安排下，去了東海省的一個縣，從縣委幹事做起，一步一步的往上走。」

傅華說：「有您家老爺子的關係，我想這個臺階一定比平常人走得快很多吧？」

睢心雄聽了說：「那是自然了，我沾了老爺子的光，升遷自然比一般人要快。不過你不要以為有我父親的關照，我就什麼都不用做，只等著升遷就是了，我為此也付出了相當大的辛苦和努力的。」

傅華說：「這點我相信，您能做到今天這個位置，絕不僅僅是仰仗父蔭就可以做到的。」

雎心雄點點頭說：「是的，越往上走，競爭就越厲害，鬥爭的形勢就越複雜，很多時候，你根本想不到對手會使出什麼樣的詭計來打倒你，所以必須打起十二分的精神戒備，還要絞盡腦汁的去想對策；這可不是一般人能夠承受的，要不是我的目標從一開始就定在最高點，可能早就放棄了。」

說到這裏，雎心雄不禁語帶傷感地對傅華說：「不過，因為你的緣故，我可能這輩子都無法達到我心中的那個目標了。」

傅華乾笑了一下，說：「雎書記，我恐怕沒那麼大的作用吧？」

雎心雄笑說：「你別緊張，我並沒有追究你責任的意思。說到底，我失去這個機會也怪不得別人，只能怪我自己，是我沒有把事情做好，給了對手可趁之機。我跟你講這些，只是想陳述一下自己的心情，你曾經也是跟自己的理想失之交臂的人，應該能理解我這種在最後關頭不能實現理想的痛苦和失落吧？」

傅華自然理解這種情形帶給人的痛苦，但是他找不到能安慰雎心雄的話，也不想去安慰雎心雄什麼。他內心中認為雎心雄失去機會，很大程度是咎由自取。雎心雄如果不採取這種過於激進、以下凌上的辦法，也未嘗沒有機會進入中樞的，最起碼不至於搞到現在這種進退失據的地步。

看傅華不說話，雎心雄接著說：「有趣的是，我跟胡瑜非都背離了我們最初的理想。」

傅華困惑的說：「難道說胡叔最初並不想從商？」

雎心雄點了點頭，說：「我們倆可以說是互換了理想目標，不過他是被迫的，而我是主動的。他當初的夢想是從政，成為像他父親那樣一個叱吒政壇的人。當年他可是在我面前吹噓過，他要成為什麼大領導的。」

傅華笑說：「那他為什麼後來會從商了呢？」

雎心雄解釋說：「他父親認為他的個性不適合從政，逼著他從商。這也導致他始終有從政的情結，因此雖然商人做得算是成功了，卻總是想要去干政，想要對一些政治事務指手劃腳，所以你明白他為什麼要幫著楊志欣跟我爭了吧？」

傅華恍然大悟說：「原來是這樣啊！」

傅華看了雎心雄一眼，說：「雎書記不用擔心，您現在在嘉江省不是很好嗎？」

「你覺得我很好嗎？」睢心雄反問說：「以前我也覺得我挺好的，無需擔心什麼，現在才發現那只是表象而已，實際上早就是危機四伏了。我開始覺得害怕，不但害怕，而且害怕得很。你知道是什麼讓我這麼害怕的嗎？」

傅華搖搖頭說：「我不知道，您不會說又是我吧？」

「你說呢？」睢心雄看著傅華的眼睛問道。

傅華否認說：「我可沒有讓您害怕的能力。讓您害怕的是胡瑜非和楊志欣吧？」

睢心雄說：「雖然楊志欣跟我是競爭對手，但是我從來都不覺得他有多可怕。楊志欣算然也是很有智謀和手段狠辣的人，但是他的缺點是過於謹慎和保守，行動力不足，縱然有一千個想法，卻不能行動起來去實現其中一個，那想法再多也是沒用的。」

睢心雄繼續分析著：「至於胡瑜非，我覺得他父親看他的眼光很準，他雖然狡猾多智，但是狠辣不足，太過重視情義。幸好他聽話做了商人，要是他走上仕途，恐怕很難有什麼大成就的，所以我對這兩個人從來都不覺得可怕，但是你的出現，卻改變了這一點。」

睢心雄嘆了口氣，說：「這倒不是說你比楊志欣、胡瑜非這兩個人的能力更大，而是你的出現正好彌補了這兩人的缺陷；還有，就是你的時運總是比我強上了那麼一點。」

「時運？」

傅華沒想到睢心雄最後將成敗都歸結到時運上，詫異地說：「睢書記，您不會相信時運這一套吧？」

睢心雄無奈地說：「我是不想相信，但是有些事卻由不得我不信。傅先生，你不覺得很多事情要完成，是需要一點運氣的嗎？有時候你雖然費盡了九牛二虎之力，但是欠缺了那麼一點運氣的話，依舊是會失敗的。」

傅華不置可否地說：「也許是吧。」

睢心雄堅信地說：「不是也許，而是就是。才燾說他在馮葵的會所裏跟你對賭的事，誠然你玩梭哈的手法很高超，但是歸根究底，最根本的一點卻是你的運氣好，不但拿到了一手好牌，還讓才燾也拿到了一手大牌，這兩者缺少任何一點，你都不可能贏到錢，這不就是運氣嗎？」

睢心雄繼續說道：「遺憾的是，我並沒有從一開始就意識到這一點，是我大意了，以為一個小小的駐京辦主任掀不起大風浪，所以就忽視了你。」

傅華叫屈說：「睢書記，我好像也沒做什麼事啊。」

睢心雄說：「是啊，我本來也認為你沒做什麼事，但我來找你之前，回顧了一下最近發生的事，才發現很多事實際上都是與你息息相關。」說著，睢心雄伸出手屈指盤點起來：「才燾輸局算是一件；你在見面會上質疑我算是一件；才燾跟高芸分手也與你有關；黎式申抓你卻被你脫險也是一件；還有黎式申被舉報……」

睢心雄突然停了下來，質問傅華說：「說起黎式申被舉報，有件事情我很納悶，雖然提交資料給中紀委的是胡瑜非和楊志欣，但是我相信那份資料的來源一定是你，你是從什麼時候跟羅宏明建立起聯繫的？你在商界見面會提出質疑，是不是為了跟這件事相呼應？」

傅華趕忙澄清說：「您錯了，不是您想的那樣的。」

「不是我想的那樣？那又是怎麼樣的啊？」睢心雄很有誠意地說：「我今天跟你可說是坦誠以待了，希望你也能做到對我坦誠以待。」

傅華解釋說：「你把順序搞顛倒了，在見面會之前，我跟羅宏明根本就不認識，我提出對你的質疑，純粹只是因為覺得你在處理嘉江省的整頓活動上相當有問題。而黎式申被舉報的那份資料，是羅宏明聽到我在見面會上幫他說話之後才寄給我的。」

睢心雄狐疑地看了傅華一眼，有點不相信的說：「在見面會之前你跟羅宏明真的沒有往來？你幫羅宏明做這麼多事，真的不是羅宏明給了你什麼好處了？」

傅華笑笑說：「到現在為止，我也就跟他通過電話而已，連面都沒見過，又能拿他什麼好處啊?!」

「我還以為你是透過這種方式在幫羅宏明翻案呢，」睢心雄說：「可能你還不知道，羅宏明在美國登報發表聲明，說他侵吞國資的案子是我跟黎式中相互勾結陷害他的，要求中紀委查清此事，還他清白並追究我的責任。」

傅華聽了，訝異地說：「我還真不知道這個情況。」

睢心雄忿忿地說：「這應該是胡瑜非和楊志欣搞出來的花樣，他們倆很擅長做這種事。」

傅華說：「不管是不是胡瑜非和楊志欣搞出來的，這個案子我覺得的確很有問題，您如果能給羅宏明翻案，反而能爭取主動，所以您不妨考慮一下。」

「翻案？不可能的，」睢心雄回說：「你知道為了追究羅宏明的責任，我動用了多少政府部門的力量嗎？如果我給羅宏明翻案，你讓這些部門的臉往哪兒擱啊？還有，不僅僅是這個問題，裏面還牽涉到國家賠償的問題，還有歸還羅宏明沒收的資產等等，這裏面複雜著呢。我可以明確告訴你，就算是我有一天真的倒臺了，羅宏明也是很難翻案的。」

傅華馬上聽懂了雎心雄的意思，雎心雄是告訴他，羅宏明的案子有許多人和部門牽涉在其中，如果翻案，這些人和部門必須要承擔相當大的責任。

傅華不禁問道：「雎書記，為了一個女人，你值得這麼做嗎？」

雎心雄愣了一下，不解的說：「一個女人，什麼女人啊？」

傅華質疑說：「外面都說你這麼整羅宏明，就是因為跟羅宏明爭奪一個被羅宏明包養的女明星？」

「原來外面是這麼說這件事的，」雎心雄笑了起來，說：「這些人就是這麼八卦，好像什麼事都與女人有關。」

「難道不是嗎？」傅華問。

「還真的不是，坦白說，我確實好色，但絕不會為了一個女人興起這麼大的波瀾。再說，我想要什麼樣的女人沒有啊，女明星？楊莉莉算是女明星了吧，還不是我的床上玩物？」雎心雄自豪地說。

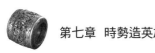

第八章

驚弓之鳥

孫守義小心的看了樓道沒有人，
快步出了劉麗華家門，往前走了好一段距離，
才招手攔了輛計程車。想到何飛軍的威脅
讓他在跟劉麗華幽會的時候成了驚弓之鳥，
孫守義更暗下決心要想辦法除掉何飛軍了。

傅華沒想到雎心雄這麼不厚道，玩了人家還在背後貶低她，忍不住嘲諷說：「雎書記，您可真夠坦白的。」

雎心雄反駁說：「你不用這麼虛偽了，我之所以這麼坦白，是因為楊志欣和胡瑜非肯定跟你說過這件事，我不說你也心知肚明的。再說了，楊莉莉也不是什麼好貨色，她是為了幫她的老情人關偉傳才投進我的懷抱的，我也沒必要幫她保密什麼。」

傅華心想：楊莉莉如果聽到這些話，心裏不知道會怎麼想，這些女明星喜歡靠自己的美色依傍權貴，哪知道這些權貴根本就拿她們當玩物看待。

雎心雄接著說：「你不要覺得我無恥，我也是男人，而且身在高位，各方面的壓力很大，女人往往是男人最好的釋放壓力的管道，不是嗎？但是除了把她們當做抒壓的管道之外，我絕對不會因為她們而影響到我工作上的部署的。」

傅華聽了說：「這麼說，這個傳言不是真的了？」

雎心雄說：「當然不是啦，這個傳言根本就不靠譜，羅宏明也是一個很精明的商人，如果我們真的同時看上某個女人，他不但不會跟我爭，還會主動把那個女人送到我床上去的。我和他都是做大事的人，絕不會因為女人誤事的，再出名再漂亮的女人都沒用。」

傅華不能理解地說：「既然不是因為女人，那是為了什麼？」

雎心雄說：「原因很簡單，當然是因為羅宏明做了對不起我的事了。」

傅華愣了一下，說：「做了對不起你的事，你是省委書記，他一個商人敢來惹你嗎？」

雎心雄笑了笑說：「他為什麼不敢啊？他是商人，有趨利的本性，一旦利益擺在眼前，什麼都可以不顧的。」

傅華不解地說：「我不太明白您的意思，難道說羅宏明覺得您給他的好處還不夠嗎？」

雎心雄點點頭說：「對啊，他就是覺得我給他的好處不夠，別的省知道了羅宏明要在國內投資的事，對他許諾更豐厚的條件，羅宏明就心動了，想把他要投資的核心部分放到那個省去，而把一個空殼的總部放在嘉江省，你說我能讓他這麼做嗎？」

傅華明白雎心雄跟羅宏明的衝突點在什麼地方了，雎心雄正是在往中樞衝刺的階段，急需要有一個亮眼的政績，招商引資正是最被重視的政績之一，而羅宏明恰恰在這方面拆了雎心雄的台。

睢心雄繼續說道：「我為了爭取這家企業落戶到嘉江省，做了很多的工作，也給了羅宏明很大的優惠，還讓他控股了合資的企業，眼見就要收穫了，他卻改弦易轍，另投他主，這對我來說簡直是莫大的羞辱。我要是讓他這麼做，我馬上就會成為一個笑話的。」

「所以你就斷然出手，污蔑他侵吞國有資產？」傅華接口說。

「不是污蔑，」睢心雄說：「我還需要污蔑他嗎？跟國企合資這種事，哪一個資本家會不想方設法從國企身上佔便宜啊？不佔便宜的話，就不是資本家了。羅宏明本身也有問題，要不然他早就回來說個清楚了。所以我要做的只不過是安排人去查一下他就好了。」

傅華想想也是，不說別的，光是羅宏明提供的舉報資料，就足以證明羅宏明有賄賂官員的行為。羅宏明與睢心雄根本是一丘之貉，只是因為利益產生紛爭，才導致彼此反目，兩方其實都不清白。

睢心雄疑惑地問：「傅先生，既然你跟羅宏明沒有什麼利益的糾葛，那我就奇怪了，你為他出頭來針對我是為什麼啊？之前我們沒什麼接觸，我想不出是什麼地方惹到你了。」

傅華說：「我們之間沒有什麼私人恩怨。」

睢心雄說：「那你為什麼非要針對我啊？」

傅華說：「我是看不慣你的整頓運動。我看過很多資料，從裏面得到的感悟跟您不同。我認為權力如果失去了控制，就像是被從牢籠裏放出的野獸，是會給社會大眾帶來極大的傷害和痛苦的。」

睢心雄反駁說：「難道你不知道那只是政治的操弄手法嗎？將來我如果成功的達到目標，我一定會做改變和修正的。」

傅華搖搖頭，質疑說：「那可就很難說了，你以前之所以能獲得那麼大的聲勢，根本原因就在於民眾對社會有不滿的情緒，你是利用了這些不滿情緒，才能達到你想要的那個位置，你說會改變修正，怎麼改變啊，難道自毀基礎嗎？」

「原來你是因為這個而針對我的啊！我現在已經失去了上位的可能，所以再來談論這個問題就毫無意義了，還是來談點別的吧。」睢心雄說。

傅華愣了一下說：「談別的？您不會還認為黎式申留下什麼東西在我手裏吧？這個我已經跟貴公子說的很清楚了，我手裏沒有你想要的東西。」

睢心雄不相信地說：「傅先生，你這就不對了吧？我知道你對我的做法很反感，所以不想將黎式申留下的東西交給我，你的心情我能理解。」

傅華聽雎心雄一口認定他手裏有黎式申留下的罪證，苦笑說：「雎書記，我真的沒有……」

「你先別急，聽我把話說完，」雎心雄揮手打斷傅華的話，說：「我們剛才聊了這麼多，有一點你應該明白，那就是我也好，楊志欣羅宏明也好，其實我們的本質都是一樣的，為了自己的利益都會不擇手段，所以這沒什麼正義和邪惡的問題。」

傅華百口莫辯地說：「雎書記，我手裏真的沒有你想要的東西。」

雎心雄臉色沉了下來，說：「傅先生，你可不要把我的軟語相求視作軟弱啊，我至今仍是嘉江省的省委書記，我們雎家依舊有著強大的影響力，你要想想跟我硬碰硬的後果。」

傅華無奈地說：「我知道我跟您不是一個等級的，但我真的拿不出你想要的東西。再說了，您也不想想，我手裏如果真有這份東西的話，還不早就交給楊志欣和胡瑜非了？」

雎心雄的臉色越發的難看了，說：「傅先生，我可以確信的一點是，黎式申肯定是留下了一份東西，而且我也不怕說出來這份東西是什麼，這是嘉江省財政廳副廳長邵靜邦留給黎式申的一份我的批示，黎式申曾經拿這個東西威脅過我，所以我相信它是真實存在的。」

傅華看了睢心雄一眼，說：「您要我說多少遍才會相信我手裏沒有這份東西啊？」

睢心雄哼了聲說：「你說多少遍我也不會相信的。我一直在找這件東西，卻怎麼都找不到，就懷疑它被帶出了嘉江省，而黎式申出車禍之前，唯一一次離開嘉江省就是來北京跟你見面，所以我強烈懷疑這件東西，黎式申是交給你保管了。」

說到這裏，睢心雄使出溫情攻勢，對傅華說：「傅先生，你究竟想要什麼？我知道你想要的並不是錢。或者你可以告訴我，你想要的是仕途還是商場？不論這兩方面你要什麼，我都可以幫你實現。」

傅華看了看睢心雄，說：「睢書記，我不知道您除了猜測之外，還有什麼支撐著您對我有這麼大的懷疑，在這裏我可以明確地告訴您，您真的搞錯了，我手裏根本就沒有你想要的東西，所以請您不要再繼續糾纏我了。時間很晚了，我明天還要上班，要回去休息了。」

「傅華，你這是在挑戰我的忍耐程度啊，」睢心雄惡狠狠地瞪著傅華說：「邵靜邦的女兒現在想要相關部門重新調查這個案子，嘉江省是我最後的一塊陣地，我絕對不能失去，所以我一定要拿到這份文件才行，你如果不肯配合的話，就別怪我不客氣了。」

睢心雄的話讓傅華感到一股刺骨的寒氣，他說：「睢心雄，你想幹什麼？這裏可是北京，不是嘉江省，你別想在這裏為所欲為。」

睢心雄兩眼凝視著傅華，然後說：「傅華，我最後再問你一次，你到底給不給我這份東西？」

傅華也不示弱的直視著睢心雄，說：「睢心雄，我也最後再告訴你一次，我手裏真的沒有這個東西。」

睢心雄嘆說：「看來我們之間是一個無法善了之局了。傅華，你不要以為靠胡瑜非在北京的勢力就能護得了你，你等著吧，我會讓你把東西老老實實地交出來的。」

睢心雄說完，就站了起來，很從容的往社區外走去。

在身後看著他背影的傅華，卻感到了一股強大的壓力。傅華不禁在心裏暗罵黎式申害人不淺，這時候他也不敢大意了，顧不上夜深，就打電話給胡瑜非。胡瑜非很快接了電話。

傅華抱歉地說：「胡叔，不好意思這麼晚還打攪您，我剛才見到睢心雄了。」

胡瑜非卻不意外地說：「這我知道，你不打電話給我，我也要打電話給你的，睢心雄跟你都講了些什麼啊？」

「您知道睢心雄跟我見面？」傅華驚訝的道。

胡瑜非說：「對呀，我知道。因為我一直不放心，所以在你身邊放了人暗中保護你，剛才他們通知我睢心雄去找你，我知道睢心雄不能威脅到你什麼，所以就讓他們按兵不動，沒有去驚動睢心雄。」

原來胡瑜非一直在暗中保護著自己，傅華緊繃的心放鬆了下來，感激地說：「謝謝您，剛才真是嚇死我了。」

胡瑜非心想：你要是知道睢心雄找上你是因為我和楊志欣的設計，你就不會感謝我了。他趕忙問道：「睢心雄都跟你說些什麼，把你給嚇成這個樣子？」

「他堅持認為黎式申留下的那份罪證在我手中，威脅我，要我把東西交給他，我看這次他很可能真的要對我動手了。」傅華憂心忡忡地說。

胡瑜非安撫傅華說：「這一點你不用擔心，我已經囑咐過那些暗中保護你的人，加強對你和你家的警衛，確保你的安全。」

「謝謝你了胡叔。唉，也不知道這個睢心雄到底要鬧到什麼時候才肯甘休？」傅華嘆道。

胡瑜非說：「不會太久了，馬上高層就要換屆，等一切塵埃落定，睢心雄就不會再來折騰你了。」

「希望吧。好了，不打攪您休息了。」傅華就掛了電話。

回到家，家裏一片安靜，鄭莉和傅瑾都已經睡得很熟，傅瑾的小臉睡得紅撲撲的，嘴邊還流下了口水，傅華拿紙巾輕輕幫他擦掉了口水，睡夢中的傅瑾似乎感覺到傅華對他的碰觸，嗯哼了一聲。

看著眼前這安靜平和的一切，再想起剛才跟睢心雄的劍拔弩張，傅華忽然覺得自己似乎是有一點多事了。希望這件事情趕緊過去，回歸正常安寧的生活。

海川市。深夜，劉麗華家中。

蜷在沙發上看電視的劉麗華看到孫守義開門進來，打了一個大大的哈欠，慵懶的說：「守義，你最近怎麼來得越來越晚了啊？」

孫守義沒有馬上回答劉麗華，而是快步走向窗簾緊閉的窗戶，輕輕地掀起窗簾的一角，看向窗外馬路上來來往往的車子，他這麼做是想看看有沒有人在後面跟蹤他。

劉麗華被孫守義緊張的舉動嚇到了，從沙發上起來，快步走到孫守義的身邊，問說：「你看什麼啊，怎麼了，發生了什麼事？」

深夜時分，馬路上的車子很稀疏，沒有車子停在社區門前，似乎沒有什麼可疑的地方。但是孫守義卻不敢放鬆，他知道跟蹤的人都有些手法，絕對不會讓他這麼輕易就發現的，所以無法確定究竟有沒有人跟蹤他。

劉麗華看孫守義不回答她，就靠進孫守義的懷裏，用身體輕輕地磨蹭著他，說：「究竟什麼事啊，你怎麼不回答我？」

孫守義笑了一下，說：「沒什麼，就是剛才覺得彷彿看到了一個熟人，想確認一下，沒想到是看錯了。」

孫守義不想把何飛軍威脅他的話告訴劉麗華，以免她大驚小怪，還沒發生什麼事就亂了陣腳，因此隨口編了句謊話，先應付過去。

劉麗華輕捶了一下孫守義的肩膀，嬌嗔道：「看你緊張成這樣，我還以為發生什麼大事了。誒，你這次可是隔了好幾天都沒過來了。」

這幾天孫守義因為一直想不到什麼辦法來對付何飛軍，又擔心何飛軍真的會找人二十四小時跟蹤他，所以不敢來跟劉麗華幽會。熬了好幾天，終於耐不住對劉麗華的渴求才又偷跑了過來。

他本就饑渴難耐，再加上劉麗華在他懷裏不斷磨蹭著，立馬就情動起來，將劉麗華抱進了臥室，和她溫存起來。

時隔多日，孫守義經過了一番休養生息，精力格外充沛，因此奮戰地格外賣力；孫守義的勇猛，喚起了劉麗華體內的野性，不禁也猛烈的回應起孫守義來，臥室裏頓時春色無邊。

正當兩人激戰正酣的時候，外面忽然啪地響了一聲，似乎是什麼東西撞到了門上。

這聲音在寂靜的深夜中分外的刺耳，孫守義被嚇得渾身一激靈，心說：不好，有人在外面偷聽，不覺身體就僵在那裏。

劉麗華正在興頭上，情郎卻突然停止動作，不由得詫異的問道：「怎麼了，怎麼停下來了？」

孫守義把食指放到嘴上，做了一個噤聲的手勢，然後從劉麗華身上爬了起來，躡手躡腳的走了出去。

他儘量不讓自己發出聲音。走到房門前，從門上的貓眼向外看著。

走廊的燈亮著，從貓眼中往外看，走廊裏空蕩蕩的，一個人影都沒有。孫守義走到窗戶邊，想看看有沒有人從大樓裏走出去，過了好一會兒也沒看到什麼，這才回到臥室。

劉麗華緊張地說：「守義，你今天究竟是怎麼了？剛來的時候你就神神秘秘的，現在又這個樣子，發生了什麼事把你嚇的？」

孫守義強笑了笑說：「沒什麼事啦，我剛才好像聽到有什麼東西碰了一下，怕是外面有人在偷聽，所以就想去看看。好了，我看了外面連個鬼影都沒有，沒事了。」

說完，孫守義就回到床上，想要繼續兩人的好事，然而因為這一嚇，兩人也沒有了剛才高昂的情緒，孫守義就沒心情再留下來，穿好衣服離開了劉麗華家。

孫守義小心的看了樓道沒有人，快步出了劉麗華家門，往前走了好一段距離，才招手攔了輛計程車。

想到何飛軍的威脅讓他在跟劉麗華幽會的時候成了驚弓之鳥，孫守義更暗下決心要想辦法除掉何飛軍了。

北京，海川大廈，傅華辦公室。

傅華一上班就接到了市委辦公廳打來的電話，通知他，市委書記孫守義將於後天回北京，要傅華做好相關的接待工作。

放下電話，傅華準備去農業部遞交一份案子的資料。這個項目是孫守義幫海川爭取到的，海川市將準備好的資料發送到駐京辦，傅華就是要將這份資料送到農業部去。

傅華還沒走出辦公室，桌上的電話再次響了起來，來電顯示的號碼卻很陌生，傅華拿起電話：「海川駐京辦，我是傅華，請問您是哪位？」

對方發出陰惻惻的笑聲，說：「不好意思啊，傅主任，我又要打攪你了。」

聽到這個笑聲，傅華渾身的汗毛都豎了起來，這聲音對他來說再熟悉不過，就是上次為了喬玉甄抓過他的那個傢伙。馮葵特地動用她的人脈去調查，才知道這傢伙是秘密部門一位姓齊的官員。

傅華不明白這傢伙怎麼會再次找上門來，他已經算是退避三舍了，這傢伙為什麼還會來找他的麻煩，故作鎮靜的說：「原來是你啊，你找我有什麼事嗎？」

齊姓官員笑了笑說：「是有點小事要你幫我辦一下，我一位朋友說你手裏有他的東西，這東西對他十分重要，希望我能幫他把這份東西討回去。怎麼樣傅主任，給我個面子吧？」

傅華愣了一下，睢心雄的動作好快啊，昨晚才跟他交涉過，今天就找了這個姓齊的來脅迫他交出那份罪證。估計睢心雄是怕夜長夢多，擔心傅華會將手裏掌握的東西交給別人，所以才會找到姓齊的來逼他交出這份東西。

傅華心中暗自叫苦，這個齊姓官員可不像睢心雄和黎式申那麼好對付，他可不想去招惹他；問題是齊姓官員受了睢心雄的委託，肯定不會相信他手裏確實沒有這份東西。

傅華腦筋飛快的轉動著，想著要如何擺脫他，嘴上裝糊塗地說：「我不明白你是什麼意思，你的朋友是誰啊，我又拿了他什麼東西啊？」

齊姓官員冷笑了笑說：「傅主任，你這就不夠意思了吧？到了這時候你還想裝糊塗，你也不想想在我面前你能裝得過去嗎？行了，趕緊把黎式申留給你的那份東西交出來吧。只要你交出來，什麼都好說；你如果不交，可就別怪我不客氣了。」

傅華苦笑說：「我跟睢心雄說過很多次了，黎式申真的沒有留什麼東西給我。」

齊姓官員陰森森地笑說：「看來你是想敬酒不吃吃罰酒了？你聽聽這是誰的聲音！」

這時，話筒裏傳來了鄭莉的聲音，鄭莉叫道：「傅華，你究竟拿他們什麼東西了，趕緊還給他，這傢伙抓了我和小瑾。」

傅華記起鄭莉說今天要帶傅瑾去打預防針的，沒想到給了這些人可趁之機，居然抓了傅瑾和鄭莉來威脅他。

傅華的心揪緊了，趕忙問道：「小莉，你和兒子現在在什麼地方？」

話筒那邊卻傳來姓齊的官員的聲音：「傅主任，你先別急，你的妻子和兒子現在在我手裏，目前來說還是安全的；但是你再不把東西交出來，我可就無法保障他們的安全了。」

想到鄭莉和傅瑾身處險境，傅華急壞了，再也顧不得掩飾他已經知道這傢伙的身分，叫道：「姓齊的，你還是男人嗎？衝著女人和孩子撒野算是什麼本事啊？你有本事衝著我來！」

姓齊的愣了一下，隨即笑了起來，說：「不錯啊，傅主任，你有點本事嘛，居然知道我姓齊，看來是調查過我了。」

傅華說：「不錯，我知道你的身分！姓齊的，說起來你也算是黨工，怎麼可以用綁架這種卑鄙的手段呢？」

姓齊的說：「我們這個部門向來是什麼手段能達到目的，就使用什麼手段，所以你還是不要跟我說這些毫無意義的話，沒有用的，趕緊把東西交出來。只要你交出來，我馬上就放了他們。」

「你這個混蛋！」傅華心急如焚的道：「我告訴過你了，我真的沒有你說的這份東西。」

姓齊的冷笑說：「傅主任，你真是不見棺材不落淚啊？你信不信我能讓你再也見不到你的妻子和兒子了？」

傅華知道這傢伙真能幹出這種事情來，趕忙叫道：「好，你想要黎式申留下的東西是吧，我給你就是了。」

傅華這麼說，當然不是他手裏真有這份東西，而是擔心這樣僵持下去，姓齊的真會對鄭莉和傅瑾不利，因此他才騙他說要把東西交出來。

姓齊的笑說：「這就對了嘛。」

傅華趕忙問道：「你在哪裡，我過去把東西拿給你。」

傅華本想套出姓齊的在什麼地方，好趕緊報警營救鄭莉和傅瑾，沒想到姓齊的警覺性很高，防備地說：「你想來見我可以，不過只許你一個人來，不准你通知任何人。我可警告你，你現在完全在我的監控之下，只要我發現你有一點點的不規矩，你就別想再見到你的妻子和小孩了。」

對傅華來說，他寧願付出自己的生命，也不願看到鄭莉和傅瑾被傷害，只好小心地說：「行，就照你說的辦，你告訴我去哪裡才能找到你。」

姓齊的就說了一個地址：七八一工廠，這是位於北京郊區一個被廢棄的工廠。

「傅主任，地址我已經告訴你了，現在給你一個小時，一個小時後，我如果見不到你，你就等著收屍吧。」

傅華急急說道：「一個小時太倉促了，我怕趕不及。」

姓齊的陰險地說：「你不用妄想在這期間尋找機會救你的妻子和兒子，既然你知道時間緊迫，那還囉嗦什麼，還不趕緊出發！」就掛了電話。

傅華焦急地在辦公室裏轉著圈，他不能空著手去見姓齊的，怎麼辦呢?!他靈機一動，從桌上的檔案匣中隨便抓了幾份，塞進檔案袋裏，他想偽造出一個假象，先爭取營救鄭莉和傅瑾的機會，到時再隨機應變。

傅華抓起檔案袋，衝上車之後，立即加速往工廠方向飛奔。此刻他心中抱著唯一的希望，那就是胡瑜非說已經派人在暗中保護他。如果真是那樣的話，剛才他這些反常的舉動，一定會引起保護他的人的注意，會跟著他去工廠的。

但是等到了工廠，傅華的心涼了半截，眼前到處是殘磚瓦礫，荒草叢生，一片頹敗的景象，除了他，看不到第二個人影。不但看不到姓齊的，也看不到鄭莉和傅瑾的蹤影。

傅華衝著空曠的廠房大叫道：「姓齊的，我來了，東西在我手上，你快把我的妻子和兒子帶出來，我們交換吧。」

「呵呵，傅主任還真準時啊！」一個男人在不遠處的半截牆壁後現身，笑了笑說。

那個男人戴著一副墨鏡，因此他看不清這男人長什麼樣子，幸好他認得這聲音，果然就是抓他的那個男人的聲音。

傅華心繫鄭莉和傅瑾的安全，揮著手上的文件袋，衝著男人喊道：「姓齊的，你要的東西在這裏，我老婆和兒子呢？」

姓齊的說：「你把東西拿過來，我馬上就釋放你的妻子和兒子。」

傅華冷笑一聲說：「姓齊的，你當我是傻瓜啊，我如果先把東西拿過去，還能見到我的老婆和兒子嗎？我要先見到他們才行！」

姓齊的一副有恃無恐的樣子，說：「好吧，我也不怕你玩什麼花樣，就讓你見見老婆和兒子吧。出來吧！。」

姓齊的說完，就有兩名壯漢押著抱著傅瑾的鄭莉，從另一堵半截牆壁後面走了出來。

傅華看鄭莉雖然滿臉怒色，但渾身上下並沒有什麼受傷的地方，而傅瑾被鄭莉抱著，也很安靜，知道姓齊的沒把鄭莉母子倆怎麼樣，這才稍微放下了心。

傅華四處看了看，此刻除了他、鄭莉母子跟姓齊的一方，整個廠區再無他人，胡瑜非說的暗中保護他的人根本連個影子都沒有，指望他們來救他出困境，顯然是不可能的。

傅華就揮舞著資料袋，說：「姓齊的，你先把他們給放了，我就把東西交給你。」

姓齊的遲疑說：「傅主任，你不是想要我吧？萬一我把他們放了，你轉身跑掉，我豈不是兩頭落空？」

傅華苦笑說：「姓齊的，我能跑嗎？不能百分之百保證母子倆的安全，我敢跑嗎？再說，你們三個大男人難道還怕抓不到我嗎？」

姓齊的想了想說：「好吧，我也不怕你玩什麼花樣。」就吩咐那兩名壯漢說：「放了那母子倆，去把姓傅的抓過來。」

兩名壯漢放了鄭莉和傅瑾，鄭莉抱著兒子便直奔傅華而來。

傅華趕緊衝鄭莉喊道：「小莉，不要管我，車沒熄火，趕緊帶兒子離開這裏。」

鄭莉知道情勢危急，便沒跟傅華囉嗦，直奔傅華的車而去。傅華則是緊緊地用身體護住了文件袋，好替鄭莉多爭取一點逃跑的時間。

兩名壯漢很快衝到傅華的身邊，把傅華摁在地上，想奪走那個文件袋。

傅華說：「你們不用費勁了，只要看到我太太兒子離開這裏，我自然就會把東西交給你們的。」

這時鄭莉已經衝上了車，一踩油門就往廠區外飛奔。傅華一直等到看不到車子了，這才把手中的文件袋交給姓齊的。

姓齊的立馬打開文件袋，看到的卻是幾張帶著海川市政府字樣的公文，臉色頓時就變了，上去就對傅華狠狠地踹了一腳，然後從腰上拔出一支手槍，槍口頂著傅華的太陽穴說：

「你這混蛋，居然敢騙我！趕緊把東西交出來，要不然我一槍崩了你。」

傅華苦笑說：「你就是崩了我，我也拿不出那件東西，我根本就沒見過東西是什麼樣子，更別說有了。」

姓齊的又用槍頂了頂傅華的太陽穴，打開了保險，怒吼道：「你到現在還嘴硬，難道你就不怕我殺了你嗎？趕緊把東西交出來，不然的話，我真的開槍了。」

傅華無奈地說：「我也很想交給你啊，但是我真的沒有你要的那個東西。你開槍吧，反正我今天也沒打算活著回去。」

姓齊的這時覺出有什麼地方不對了，狐疑地說：「姓傅的，難道你真的沒有這份東西？」

傅華說：「拜託你用用腦子好不好，我如果真的有，到這個生死關頭還不早交給你了？那東西再重要，能比我的生命和家人重要嗎？」

姓齊的歪著頭納悶地說：「那楊志欣怎麼會說你非要他花大價錢買這件東西呢？」

第九章

本性難移

「我真的不知道你這樣什麼時候才是個頭？」
鄭莉無奈的說：「本來按照我當時的氣憤，
是準備看到你就狠狠地給你一個耳光的，
但我想了想，你就是這種脾性，
我打你耳光又能怎麼樣呢？你還不是本性難移?!」

傅華乍聽愣住了，他沒想到事情的根由竟然在這裏，睢心雄之所以追著他不放，是因為楊志欣在外面放消息說東西在他這兒。他一時難以置信楊志欣竟會這麼設計他。

傅華問：「姓齊的，你說是楊志欣放出消息，說東西在我這兒的？」

姓齊的點點頭說：「對啊，不然我費這麼大勁綁架你的家人，非要你把東西交出來幹嘛?!」

姓齊的越想越不對，忽然意識到問題的癥結所在，叫說：「壞了，上當了，你是楊志欣設的餌！」

既然是楊志欣和胡瑜非設的圈套，那這兩人在他上鉤後，一定會有後手對付他的，這個地方看來也不怎麼安全了。

姓齊的把手槍收了起來，對兩名壯漢說：「我們中計了，馬上就會有人來抓我們，我們必須帶著姓傅的離開這裏，你們趕緊把他弄到車上去。」

兩名壯漢拎起傅華，架著他想要把他帶走，就在此時，四周警笛聲大作，幾輛警車衝進廠區，將傅華和姓齊的這些人團團圍在中間。

車停下之後，十幾名持槍員警從車上跳下來，手中的槍齊齊指向姓齊的和那兩名壯漢。

傅華在員警中看到一個熟悉的面孔：刑偵總隊的萬博，知道胡瑜非其實還是暗中佈置了保護他的人手，要不然警方也不會這麼快就出現。

然而，只要一想到楊志欣以他為餌設局，胡瑜非肯定知情，傅華便對胡瑜非沒有了感激之情，反而感到十分的憤怒。

胡瑜非和楊志欣為了他們的政治利益和野心，竟然置他家人的安危於不顧，簡直太可惡了，枉他還曾經那麼幫助過他們。雎心雄說得還真對，本質上，這兩人跟雎心雄果然是沒什麼區別。

萬博指著兩名壯漢說：「有人報警說你們涉嫌綁架，現在我要求你們趕緊把人質放了，舉手投降，否則後果自負。」

兩名壯漢看了看姓齊的，等待姓齊的指示，好採取下一步的行動。

姓齊的絲毫沒有慌張，從容的笑說：「北京警方倒是好大的陣仗啊。」

姓齊的態度，擺明了是沒把萬博放在眼裏。

經過這番折騰，他確定傅華真的沒有那樣東西，因此對雎心雄也就不構成威脅了，就對兩名壯漢下令說：「這傢伙對我們沒什麼利用價值了，放了他吧。」

兩名壯漢鬆開傅華，一名員警過去想要把傅華扶起來，傅華卻推開了他的手，搖搖頭說：「我沒事，我自己站起來就好。」說著就自己站了起來，撣了撣身上的土。

姓齊的又從懷裏掏出一張證件，證件上印有警徽。姓齊的將證件打開展示給萬博看，說：「這是一場誤會，我們不是綁架，是在執行公務，在查辦一件案子。」

萬博看到證件，立時愣在當場。姓齊的持有的證件，是一個秘密部門的專用證件，這個部門比公安局更具有權威性，證件上標注的頭銜也比他高，因而萬博沒有權力對姓齊的採取任何行動。

萬博不甘心就這樣放過姓齊的，便問道：「你們在查什麼案子？與這位傅主任又有什麼關係？」

姓齊的斜睨了萬博一眼，冷哼說：「你膽子真夠大的啊，這個部門辦的案子豈是你能隨便問的？」

萬博並不示弱，鼓起勇氣說：「對不起，我必須要問，因為有人舉報這位傅主任和他的家人遭到不明身分的人綁架，作為警察，我有必要查清楚，不然是不能放你們離開的。這是職責所在，還請見諒。」

見北京警方十幾支槍還指著他們，姓齊的也不敢太過囂張，就笑笑說：

他找來進行調查。」

「是這樣子，我們得到線報，說這位傅姓男子牽涉到一起洩密案，就把

萬博反駁說：「這就怪了，既然是調查，為什麼不把人帶到你們單位那裏去，反而跑到這廢棄的工廠來？這算是哪門子的辦案程序？」

姓齊的臉上現出了慍色，不屑的說：「不管是哪門子的辦案程序，你都管不著，這是我們內部的事，還輪不到你們這些警察來插手。好了，經過調查發現，我們得到的消息是假的，現在事情已經查清楚了，我們也沒有滯留這名男子的必要了，人就交給你們了。」

姓齊的表明不願意再跟北京警方繼續糾纏下去，他急於離開現場，好去跟睢心雄彙報後續的情形。

傅華聽到這裏，有些明白為什麼睢心雄會動用這個姓齊的來對付他了。姓齊的出身秘密部門，北京警方沒有權力管轄他，因此即使出了紕漏，也沒有人敢抓他，更別說逼出睢心雄的罪行了。這實在是一步進可攻退可守的好棋，傅華不得不佩服睢心雄手段實在高超。

被這麼一搞，胡瑜非和楊志欣想要釣出睢心雄的計謀，就變得毫無用處了。萬博腦子轉動著，思索著下面該怎麼辦

姓齊的似乎猜到了萬博在想什麼，笑了一下說：「你不要費心思想怎麼對付我了，沒用的，對付我的後果不是你能承擔得起的。我現在要帶著我的人走了，你有膽量就留留我試試。」

姓齊的說完，從容不迫的走向廠區的另一邊，員警們看著萬博，等著萬博下命令。萬博猶豫了一下，終究沒有膽量去捋姓齊的虎鬚，眼睜睜看著姓齊的三人上了一部越野車。

姓齊的十分囂張，他沒有快速開走，反而將車子朝傅華開來。

經過傅華身邊時，車停了下來，姓齊的搖下車窗說：「傅主任，今天謝謝你了，讓我知道這是楊志欣設好的局，你告訴楊志欣，這一切我和老雎會加倍奉還的。」

說完這句話，姓齊的搖起車窗，這才離開了這裏。

萬博讓員警們收起槍，然後走到傅華身邊，萬分歉意地說：「傅主任，不好意思啊，讓你受到驚嚇了，楊書記和胡董安排了十名武警暗中保護你，他們發現有人綁架你的妻子和兒子，因此趕忙報了警，所以我就來了。」

傅華心裏雖然不痛快，但是冤有頭債有主，讓他不痛快的是胡瑜非和楊志欣，與萬博無關，而且萬博還是兩次從槍口下救了他的人，傅華對他是心存感激的，便說：「這有什麼不好意思的，我應該謝謝你才對，你又一次救了我。」

萬博客氣地說：「千萬別這麼說，這都是胡董安排的。」

提到胡瑜非，傅華的臉色沉了一下，轉移話題說：「不好意思啊，我要打個電話給我太太，確認一下她跟我兒子現在的狀況。」

萬博聽了趕忙說：「這是應該的。」

傅華就撥通了鄭莉的手機，過了好一會兒，鄭莉才接電話，警惕地問道：「誰啊？」

傅華說：「是我啊，你跟兒子沒事吧？」

鄭莉驚魂未定地說：「我們沒事了，你呢？」

傅華鬆了口氣，說：「謝天謝地，你們沒事就好，我也沒事了。你和兒子現在在哪裡啊？」

鄭莉說：「我和兒子已經回家了。」

傅華聽了說：「行，你們哪兒也別去，我馬上就回去。」

放下電話，傅華對萬博說：「萬幸，我兒子和太太都沒事。誒，能不能麻煩你送我回家啊？」

傅華的車在鄭莉帶著傅瑾逃跑時被鄭莉開走了，因此傅華只好拜託萬博幫忙了。

萬博笑說：「送你回家一點問題都沒有，只不過，你回家前是不是去見一下胡董？你剛才打電話的時候，我也跟胡董通了電話，把發生的事情跟他說了，他說希望能跟你碰個面。」

傅華現在對胡瑜非的感覺惡劣到極點，一個曾經讓他感覺到如父輩般親切的人，卻差點就害死了他的妻小，他真不知道該以什麼態度去面對他，因此冷冷地說：「我現在只想趕快見到太太和兒子，別的事就先放一放吧。」

萬博沒想到傅華會拒絕去見胡瑜非，愣了一下，不過發生這種綁架事件，傅華急於見到家人也在情理之中，萬博不好阻攔，便說：「那行，我先送你回家。」

一進家門，客廳裏沒有人，傅華趕忙去了臥室。

鄭莉坐在床上呆呆的看著熟睡的傅瑾，傅華進來她也沒抬頭，像是根本就沒注意到傅華回來的樣子。

看到這個情形，傅華十分歉疚因為自己的多事，給她和傅瑾帶來這麼大的危險，就坐到鄭莉身邊，輕輕的抱了一下鄭莉的肩膀。鄭莉這才從呆愣中驚醒過來，轉頭冷冷的看了傅華一眼。

這一眼看得傅華從心底裏發虛，乾笑了一下，說：「對不起啊小莉，讓你跟著擔驚受怕了。」

鄭莉做了一個噓的動作，不讓傅華繼續說下去，然後站了起來，示意傅華跟她出去。

傅華跟著鄭莉出了臥室，鄭莉關上門，才對傅華說：「你的問題徹底解決了？」

傅華點點頭說：「解決了，對方被嚇退了，他們知道我手裏沒有他們想要的東西，所以應該不會再來打攪我了。」

鄭莉看了一眼傅華，說：「對方要的是什麼東西啊？」

傅華說：「是一份嘉江省前公安廳副廳長黎式申留下的文件，能夠證明雎心雄犯罪的證據。」

鄭莉納悶的道：「能夠證明雎心雄犯罪的證據？究竟是怎麼回事啊？」

傅華苦笑了一下說：「這件事說起來話就長了，是這樣子的……」

傅華就簡明扼要的講了事情的來龍去脈，鄭莉聽完，困惑地說：「我記得胡瑜非不是你的朋友嗎？為什麼他會串通別人讓那傢伙以為你手中有他們想要的東西呢？」

傅華說：「他想拿我做餌，設局對付睢心雄。」

鄭莉說：「這與駐京辦的工作有關嗎？」

傅華搖搖頭說：「沒關係。」

鄭莉沒好氣地說：「沒關係你瞎攪和什麼啊？傅華，你知不知道你今天差點害到了兒子啊？我又有多害怕！」

傅華可以想像得出當時鄭莉被姓齊的劫持，是什麼樣的心情，因此對鄭莉這麼不依不饒的責問他也能夠理解，自責地說：「對不起啊，小莉，我也不想這個樣子啊。」

鄭莉終於忍不住發火了，衝著傅華嚷道：「什麼叫你不想這個樣子？你不去招惹這些不三不四的人，又怎麼會這樣？」

傅華自知理虧，不能辯駁什麼，只好說：「對不起，小莉，我保證以後再不會發生類似的事了。」

「你保證，你拿什麼保證？」鄭莉暴怒道：「你這些年惹的事還少嗎？你招惹那個方晶，鬧得艷照遠播；又招惹高芸，搞得胡東強找人砸了你的車；現在更厲害啦，居然惹到睢心雄頭上，讓人把老婆孩子都給綁架了。」

對鄭莉的指責，傅華無言以對，雖然他是被人耍了一道，但是他如果不是那麼好事的去招惹睢才燾父子，這些事情本來是可以避免的。

「我真的不知道你這樣什麼時候才是個頭？」鄭莉無奈的說：「本來按照我當時的氣憤，是準備看到你就狠狠地給你一個耳光的，但我想了想，你就是這種脾性，我打你耳光又能怎麼樣呢？你還不是本性難移?!」

傅華低著頭認錯說：「對不起，小莉，我以後會改的。」

「你以後會改?!」鄭莉搖搖頭，懷疑地說：「說得好聽！我本來也以為你會改的，但是呢，你改了嗎？我記得一位婚姻專家曾經說過，不要嘗試去改變一個男人，你以為會把他改造的跟你想要的那種男人一樣，但實際上這是不可能的，只會把自己搞得遍體鱗傷。」

鄭莉看了看傅華，痛苦地說：「以前我認為這句話是錯的，兩個相愛的人在一起，總會為了遷就對方而做一些改變；但今天我才明白，一直都是我在遷就你，而你依舊還是那個自以為是的樣子。」

傅華愧疚地說：「小莉，我這次也是被人設計了，以後我再也不做這種蠢事了。」

「呵呵，」鄭莉笑了起來，說：「方晶的艷照事件，你說是被人設計了；高芸的砸車事件，你也說是被人設計了！這次我和兒子被人綁架，你又說是被設計了，拜託，你換個新鮮點的說法好不好？」

鄭莉說到最後，情緒愈顯崩潰，眼淚在眼眶圈裏打轉，強忍著不讓自己哭出來。

鄭莉從小個性獨立，是個很要強的女人，傅華看到她這樣，心中更是不捨，發誓說：「對不起，小莉，我以後絕不會這樣了。」說著伸過手去，想要把鄭莉攬進懷裏安慰她。

沒想到鄭莉卻一把將傅華的手揮開，眼淚終於決堤流了下來，對傅華說：「你每次都跟我說對不起，每次都跟我保證你不會再這個樣子，但是下次你卻依然故我，傅華，我再也不相信你了，我們離婚吧。」

傅華驚呆了，他沒想到鄭莉會在這時候跟他提出離婚，雖然他對兩人日漸平淡的婚姻生活有過厭倦，也曾想過離婚的話，對他們來說未嘗不是一種解脫。但那只是想想而已，當鄭莉真的跟他提出離婚的時候，他才意識到他還有很多無法割捨的東西。

「不，我不會同意離婚的，」傅華的身子防禦性的往後退了一下，央求說：「小莉啊，你別這樣，我雖然做了很多錯事，但是我們還是很在乎對方的，對不對？還有，你不能讓兒子生活在一個破碎的家庭當中啊？」

「我是不想讓他生活在一個破碎的家庭中，但是我更不願意讓他承擔被綁架的危險，」鄭莉衝著傅華搖搖頭說：「傅華，你這次太過分了，你去招惹別的女人，搞出那些醜事，我都能容忍，但你的行為威脅到兒子的安全，這是我無法容忍的。」

傅華喊道：「我都說我不會再那個樣子了。」

鄭莉去意堅定地說：「說過又怎麼樣？我已經無法相信你了。」

「還有，」傅華這時想到了鄭老，鄭老年歲已大，要是聽到他們離婚，一定會受不了打擊的，鄭莉向來顧慮爺爺的感受，便急急說道：「你想過爺爺沒有，爺爺的身體絕對無法經歷這種打擊，所以你還是打消念頭，我們好好過日子吧。」

鄭莉不為所動地說：「你別把爺爺想得太脆弱了，他老人家對世事早就是洞若觀火，看得很開了。上次我要跟你離婚的時候，他早就知道了，情緒上和身體上也沒受什麼影響。所以你無需擔心。」

看來這最後一根救命稻草也沒用了，傅華就有些慌了，力圖挽回地說：

「小莉，你先別急著做決定，你現在是在氣頭上，等你消了氣平靜下來，我們再來談這件事好不好？」

鄭莉冷冷地說：「傅華，沒用的，我已經對你失望透頂了，這次我不會改變決定的。」

「我說了，我們現在不要談這件事，」傅華情緒失控的嚷道：「你剛才也看到了，我寧願捨棄自己的性命也要換取你們的安全，就應該知道你們對我是多麼的重要。」

鄭莉苦笑了一下說：「我看到了，也知道你是在乎我們的，但你也別忘了，這危險也是你給我們帶來的。」

傅華用力的抓了一下頭髮，痛苦地說：「小莉，到底我要怎麼做才能改變你的決定？你不想我做這個駐京辦的主任，可以啊，我馬上就辭去這個工作好了。」

鄭莉搖搖頭說：「我曾經也認為造成我們這麼多困擾的主要原因，是你這個駐京辦主任的職務，是這個職務讓你去招惹到那些女人，讓你去跟人爭權奪利，一切的紛擾都源於它，似乎只要你辭去職務就可以天下太平了。但現在我才明白，這只不過是表象而已。問題的根源並不是駐京辦主任這個職務，而是你這種老是招惹是非的性格。」

傅華趕忙否認說：「不是的小莉，你知道我不願意惹事的。」

「你不願意惹事？」鄭莉譏諷地說：「那你告訴我，睢心雄關你什麼事，你這個海川市的駐京辦主任什麼時候可以管到嘉江省去了？」

傅華辯解說：「我跟你說過了，那是我被人設計了……」

「好了，傅華，」鄭莉打斷了傅華的話說：「我很累了，不想跟你爭辯什麼，我要去看兒子了，雖然他還不太懂今天發生了什麼事，但是我感覺今天的情形還是多少嚇到了他，我要多陪在他的身邊，不要再讓他有一點點的不安全感了。」

鄭莉說著，就站起來走向臥室，走到門口的時候，又回頭看了一眼坐在那裏發呆的傅華，說：「你今天這番折騰應該也很累了，就去客房休息一下吧，明天我就會跟兒子搬去爺爺那裏住。」

傅華苦著臉說：「小莉，你沒必要這樣的，就算是我們真的要離婚，也是該我搬出去才對啊。」

鄭莉卻說：「我覺得有必要，這個房子是當初你跟趙婷結婚時的新房，裏面有很多趙婷留下的痕跡，我住得並不舒服，只是為了遷就你，我才接受這裏。也許是我一開始就錯了，不該什麼都遷就你，才造成你今天只考慮自己的局面。」

傅華十分詫異，沒想到鄭莉會說出這麼一番話來，原來有些問題早就存在了，只是在他們深愛著對方的時候，這些問題就被忽略了，一旦兩人出現了裂痕，這些不被重視的小問題就被放大了，成了他們之間的障礙。

傅華不放棄地說：「小莉，我還是覺得我們應該先冷靜一下，再來談離婚的事。你讓我住客房，可以；你要回爺爺那裏也行，就當回去散散心好了，只是求你不要這麼快就決定離開我。」

鄭莉面無表情地說：「我是不會改變這個決定的。不過我知道你現在心情一定很亂，如果過段時間能讓你心情平靜些，行，我可以給你時間。」說完，就決絕地打開臥室門走了進去。

傅華看著門輕輕的被關上，彷彿他也被關在鄭莉的心扉之外了。這就是他曾經想過的解脫嗎？為什麼他不但沒有輕鬆的感覺，反而心很痛呢？

原來鄭莉在他心中一直都佔著很重要的位置，只是兩人在一起的日子久了，他淡忘了這一點，也因此忽視了鄭莉的感受。就像鄭莉一直想要在事業上有番作為，他應該多支持她的，這樣他們的感情就會更加綢繆；但是他沒有這麼做，反而因為鄭莉減少陪伴他的時間而心生不滿。

而鄭莉不想他繼續做這個駐京辦主任，也沒什麼不對的啊，他整天忙著一些不知所謂、毫無意義的事，對這個家庭不但沒帶來什麼幫助，反而增添了很多的困擾。偏偏他以為這就是他所謂的事業，始終不肯放手，結果卻失去身邊最親愛的人，傅華覺得自己真是太失敗了。

正當傅華心亂如麻的時候，他的手機卻不合時宜的響了起來，顯示的號碼是胡瑜非。

就是因為胡瑜非和楊志欣的設計，才害得鄭莉和傅瑾被綁架，惹到鄭莉非要跟他離婚，此刻傅華對胡瑜非罵娘的心情都有，自然沒什麼心情去接胡瑜非的電話，就按了拒接鍵，又怕胡瑜非還會打過來，索性就關機了。

這天，鄭莉都待在臥室裏陪著傅瑾，午飯和晚飯也都讓保姆端進去臥室裏吃，擺明了是不想跟傅華見面的意思。傅華對此無可奈何，他知道鄭莉的倔強個性，如果強要去改變鄭莉的態度，效果只能是適得其反。

當晚傅華就睡在客房裏，躺在床上的他輾轉反側，難以入眠，腦中想著要怎麼拯救他的婚姻，但是想來想去，卻一點頭緒都沒有。

就這樣熬到了天亮，傅華打著哈欠起床，去餐廳時，保姆已經將早餐做好，餐桌上依舊是不見鄭莉和傅瑾。傅華心中更加的無趣，吃過早餐，就灰溜溜的出門去了駐京辦。這種狀況下，他留在家裏也沒用，還不如讓出點空間給鄭莉，讓鄭莉冷靜一下，也許事情還有轉機也不一定。

到了駐京辦，羅雨找了過來，關心地問：「主任，你昨天出什麼事啦？」

傅華愣了一下，他不想把鄭莉和傅瑾被綁架的事對外公開，這件事與駐京辦工作無關，而且又牽涉到敏感的部門，還是少說為妙；但看羅雨的樣子，似乎是知道些什麼似的，就看了羅雨一眼，說：「怎麼了？我沒什麼事啊？」

羅雨疑惑地說：「那您怎麼關機了啊？好多電話打到駐京辦要找您，還有農業部打電話來，催說市裏的那份資料要儘快送過去。」

傅華這才想起來昨天為了不想接胡瑜非的電話，他索性把手機關了，之後又一直在想著鄭莉要跟他離婚的事，就忘了開機。

傅華沒心情去跟羅雨多作解釋，拿起要送交農業部的資料，遞給羅雨，說：「我昨天忘記送過去了，你去農業部跑一趟吧。」

羅雨點點頭，說：「好的。誒，主任，你沒事吧？我怎麼看你的臉色好差啊。」

傅華掩飾地說：「沒事，我昨天在朋友那兒多喝了幾杯好茶，結果鬧得一晚上失眠睡不著。你趕緊去農業部吧，別讓他們等急了。」

羅雨就離開了傅華的辦公室，傅華這才拿出手機開了機。一開機後，就有一連串的未接短訊傳進來，傅華沒興趣去查看究竟誰打電話找過他，把手機扔到一邊，沒去理會。

因為一夜沒睡，傅華頭昏腦脹的，就給自己倒了杯水。這時有人敲門，傅華說了聲進來，就看到胡瑜非推開門走了進來。傅華的臉色當即沉了下來，也沒打招呼，拿著水杯回到位子上坐了下來。

胡瑜非看傅華冷漠以對的樣子，十分尷尬，強笑了一下，說：「傅華，你昨天怎麼不接我的電話啊？」

傅華冷冷的說：「你別明知故問了，我什麼原因不接電話，你心裏比我清楚，這裏不歡迎你，請你出去。」

胡瑜非臉上的笑容僵在那裏，愧疚地說：「傅華，我沒想到事情會鬧到這樣的，我一直都有安排人在暗中保護你和你的家人，沒想到對方居然趁你兒子打預防針的時候下手，這是我的疏忽，對不起啊！我知道你對我有氣，你如果想罵，就罵我幾句好了。」

「你說的倒是輕鬆，」傅華惱火地叫道：「一句對不起，一句疏忽，就可以拿我和我家人的性命去玩啊？你當我是什麼，可以隨便利用的傻瓜嗎？」

「我沒有拿你當傻瓜，」胡瑜非試圖辯解道：「我這麼做，也是想趕緊結束睢心雄這件事，事先我已經做了萬全的準備，確定能夠保證你的安全才行動的。」

「保證我的安全？」傅華沒好氣地說：「虧你還有臉跟我說這種話，我老婆和兒子都被人綁架了，這就是你說的保證我的安全嗎？我被那個姓齊的差點就一槍打死，這也是你說的保證我的安全嗎？」

胡瑜非苦笑了一下，說：「這些確實是我的失誤，我真的沒想到睢心雄居然會動用秘密部門的力量，這純粹是一個意外。」

「意外?!」傅華冷笑一聲，說：「楊志欣對外散佈消息說黎式申留下的東西在我這裏，也是一個意外？」

胡瑜非語塞了。

「你們把我和我家人置於高度危險的境地，卻把我從頭到尾都蒙在鼓裏，你們這不是當我是傻瓜是什麼？」傅華質問道。

說到這裏，傅華指著胡瑜非的鼻子罵道：「胡瑜非，我算是看清楚你和楊志欣是個什麼貨色了，我那麼幫你們，你們卻在背地裏算計我，你們還是人嗎？難怪雎心雄會說你們跟他其實是一路貨色。」

胡瑜非被罵得滿臉通紅，自知理虧，也不辯解，就默默地站在那裏聽傅華責罵他。

傅華看胡瑜非逆來順受地任由他指著鼻子罵，反而覺得自己有點過分了，畢竟胡瑜非算是他的長輩，一直以來對他也算不錯；更何況，如果他事先知情的話，也會同意這麼做的，因此罵著罵著，他的聲音低了下來，說：

「你走吧，我不想再看到你了。」

沒想到胡瑜非卻賴著臉說：「我走幹什麼啊，我今天來就是讓你罵個痛快的！你什麼時候罵痛快了，我再走也不遲。你繼續罵，我聽就是了。」

胡瑜非的話讓傅華有點哭笑不得，搖搖頭說：「胡叔，你也年紀一大把了，怎麼能這麼無賴啊？」

胡瑜非說：「這不是無賴，而是我活了大半輩子，還從來沒有像昨天那麼對不起人過，心裏十分難受，你使勁罵我，我還能舒坦點。」

傅華無奈地說：「我真是服了你了，胡叔，我不罵了總行吧？你走吧，我現在心情很差。」

胡瑜非不解地說：「傅華，昨天雖然驚險，你和家人總算是安全脫身；就算你回去被老婆罵了，剛才你也指著鼻子罵了我一頓，肚子裏的氣也該消了吧？」

傅華露出無奈的表情說：「胡叔，事情如果像你說的那麼簡單，那就什麼問題都沒有了。」

胡瑜非納悶地說：「還有什麼問題啊？這樣吧，這次既然是我胡瑜非對不起你，引起的麻煩就由我來負責解決，說吧，究竟是怎麼一回事？」

傅華搖搖頭說：「胡叔，沒用的，這件事不是你能解決的。算了，你走吧，我現在真的沒什麼心情跟你談，改天再說吧。」

胡瑜非卻不肯離開，關心地說：「傅華，究竟怎麼回事啊，你說出來聽聽，我就不信還有我胡瑜非沒辦法解決的事。」

「胡叔，真的不行的。」傅華痛苦地說。

胡瑜非追根究底地問道：「你不說出來，又怎麼知道我沒法解決啊？我跟你說傅華，這次是我虧欠你的，我會想盡一切辦法來彌補你，說吧，究竟是什麼事，我一定會全力幫你解決的。」

傅華抵不住胡瑜非的追問，只好說了出來：「鄭莉要跟我離婚，這你也能幫我解決嗎？」

胡瑜非詫異地說：「你甘願拿自己的性命去交換他們母子倆，鄭莉還要跟你離婚？沒道理啊！」

傅華說：「也不只是因為昨天的事，我們之間早就存在了一些問題，累積到現在，昨天的事不過是導火線，促使它爆發而已。」

胡瑜非攤著手說：「這個我還真是幫不了你啦。」

傅華心情沉重地說：「這我知道，對不起啊，胡叔，我剛才心情實在是太差了，話說得有些過分，其實也不都怪您和楊書記的，我不該遷怒於您。」

胡瑜非釋懷地說：「千萬別這麼說，這件事我們確實做得不夠義氣，被你罵一罵，我心裏反而舒暢些。你不要管我了，還是趕緊想辦法挽回鄭莉的心吧。」

傅華說：「我也沒什麼好辦法可想，還是給她一點時間，尊重她的選擇吧。誒，胡叔，那個姓齊的已經知道黎式申留下的東西不在我這裏，看樣子睢心雄不會再來鑽你們設下的圈套了。」

胡瑜非聽了，神色便有些黯淡，精心佈置的局卻功虧一簣，心情自然是不好受，說：「可能是睢心雄的氣數未盡吧，你別管啦，到了這一步，一切都順其自然吧。」

傅華說：「也只好這樣了。」

胡瑜非看了看傅華，勸慰說：「你也別太糾結鄭莉要跟你離婚的事，你的氣色實在太差了，最近這段時間，你的神經也繃得很緊，是不是我幫你安排一下，放個假，出去放鬆放鬆。」

傅華否決了：「這種狀況我哪能去度假啊？我還想看看能不能讓鄭莉回心轉意呢。再說我也走不開啊，明天海川的市委書記要來北京，我還得接待他呢。」

胡瑜非聽了說：「那放假的事就暫且往後推一推吧。誒，傅華，說起你的工作來，你有沒有考慮過把駐京辦做大一點，或者自己出來搞一番事業啊？如果你有這個想法，需要用到資金什麼的，天策集團會全力支持你的。」

傅華知道這是胡瑜非對他這次犯險的酬庸，說：「胡叔，我會考慮的，不過目前還不適合談這些，等過了這段時間再說吧。」

傅華現在在海川的處境很尷尬，孫守義跟他早有嫌隙：代市長姚巍山雖然表面上對他一團和氣，但是傅華可以明顯感覺得到這個客氣是假的，一旦轉正，他會以什麼態度對待他就很難說了。

常務副市長曲志霞對他的態度倒是很友好，然而曲志霞一直在不同勢力之間搖擺，這樣的人隨時都可能為了利益出賣他，因此也不能作為依靠。至於副市長胡俊森倒是一個可以信賴的人，但是他在海川的影響力有限，因而就目前的形勢來說，傅華在海川政壇是有些勢單力孤。他需要為自己趕緊找一個支撐點，避免讓自己進退失據，也許是時候往外拓展了。

胡瑜非點點頭說：「這個時機是不太好，等過了這段時間再說也行，你記住，我對你的承諾一直有效，到時候需要什麼，只管跟我說。」

「行，胡叔，先謝謝你了。」

胡瑜非看傅華心情不佳，也就告辭離開了。

胡瑜非走了之後，傅華茫然地坐在那裏發著呆，腦子一片混亂。

桌上的電話聲炸響，把傅華從混沌狀態中驚醒過來，看了看號碼，不是北京的區域號碼，也不是海川的，傅華立即抓起電話，說：「我是傅華，你是哪裡？」

對方呵呵笑了起來，說：「是我啊，傅主任，睢心雄。」

一聽是睢心雄，傅華當即火衝腦門，張口罵道：「睢心雄，你個混蛋，你居然讓人綁架我的妻兒，真是喪心病狂。」

睢心雄笑說：「傅主任，話可不能隨便講，你沒有證據就說我綁架，我是可以告你誹謗的。」

傅華反擊說：「睢心雄，你該不是敢做不敢當吧？」

睢心雄厚臉皮地矢口否認說：「我沒做過又怎麼能當呢？怎麼說我也是一省的省委書記，又是黨的高級領導幹部，一向嚴格律己，怎麼可能做出綁架這種事來。」

傅華冷笑說：「睢心雄，你真夠無恥的，做了那麼卑鄙的事，還把自己說得這麼冠冕堂皇。」

「傅主任，你先別急著生氣好不好，」睢心雄諂笑說：「好吧，就假設我做過這種事好了，我是說假設啊，你也不能怨我是吧？現在你該明白，這是有人故意要拿你做餌引我上鉤的，說到底，你和我都是被騙的一方，應該是同一陣線才對。」

「睢心雄，我是絕對不會跟你同一陣線的，你這個人卑鄙無恥，為了達到目的，什麼手段都使得出來，就算是這次你僥倖逃過，早晚也會受到法律嚴懲的。」傅華不甘示弱地回說。

睢心雄厚顏無恥地說：「傅主任，你這話是我今年聽到最好笑的一個笑話了。你知道你讓我想起了誰嗎？」

傅華好奇地問：「想起誰？」

睢心雄嘲笑說：「你讓我想起了塞凡提斯筆下的唐吉訶德，你大概認為自己代表了高度的道德原則、無畏精神，表現了對正義堅信的英雄行為，但實際上，你不過是像唐吉訶德一樣，是個瘋狂可笑的傻瓜而已。」

「睢心雄，想不到你會這麼看唐吉訶德，難道你不覺得唐吉訶德古怪行為的背後，其實是對騎士精神的堅守嗎？不過也難怪，在你的心中，大概早就沒有信念這兩個字了吧？」傅華反駁說。

睢心雄冷嘲熱諷說：「信念，信念頂個屁用啊？它能夠給你帶來名還是帶來利？在官場上，我看到的都是靠手腕才能爭取到有利的地位，可沒看到哪個傻瓜是靠信念出人頭地的。我告訴你信念什麼時候有用吧？信念只有在做宣傳的時候才會有用，就是拿來哄騙像你這種傻瓜的。」

傅華不禁說道：「雎心雄，你可真夠坦白的，不過相比起你滿嘴大道理的時候，我更喜歡現在的你，起碼此刻你是真實的。」

雎心雄感慨說：「傅主任，我發現你果然有過人之處，在你面前，我居然很自然的就把心底最真實的想法講了出來。」

傅華諷刺說：「你這個人作秀已經成習慣了，大概也分不清自己什麼時候講的是真話，什麼時候講的是假話了吧？」

雎心雄一副沒什麼的表情說：「恐怕不僅僅是我這樣，很多官員都跟我一樣。不信你去問問楊志欣，問他在公開場合講的話都是真話嗎？我看他跟我一樣，也分不清自己什麼時候講的是真話，什麼時候講的是假話吧。」

傅華無法替楊志欣辯駁什麼，沉默不語。

雎心雄看傅華不說話，笑說：「所以傅主任，你應該知道你對我的重要性了吧？拜託你好好保重，別成天瞎招惹是非，要不然我連個能說真話的人都沒有了。」

第十章

逃過一劫

傳華相信他這句話一定會讓睢心雄緊張起來的，
這樣一個人要留下用來保命或者報復的東西，
一定會經過深思熟慮，然後做出完善的安排。
儘管這只是傳華的猜測，
但足以擊碎睢心雄以為自己逃過一劫的樂觀想法。

睢心雄這是在警告傅華不要再去給他找麻煩了，傅華笑了一下，說：「睢心雄，你這是在威脅我嗎？」

睢心雄假意地說：「傅主任，你太多心啦，我是為你好，才提醒你多保重身體的。」

傅華反問說：「睢心雄，這麼說，我是不是還要向你說聲謝謝呢？」

睢心雄笑笑說：「我們倆就不用這麼客套了，不過，你如果非要堅持說謝謝的話，我也能勉強接受。」

傅華笑了：「睢心雄，你這個人倒是挺有意思的，你自己的事還轉不過來呢，還有心思替我操心，真是不知死活啊。」

「你又要講笑話給我聽了，」睢心雄笑了笑說：「傅主任，我現在才發現你原來挺幽默的啊。你跟我說說看，我還有什麼事是轉不過來的啊？」

「睢心雄，我真不知道該說你什麼好了，」傅華說：「好吧，既然你想聽笑話，那我就講個笑話給你聽吧。你不會以為黎式申留下的東西不在我這兒，你就平安大吉了吧？」

睢心雄聽了，說：「你說的這個問題我還真想過，但是有一點你要知道，那件東西的作用其實可大可小，落到普通老百姓手中，不但不能有什麼用處，反而對他是有害的；只有落到像楊志欣這種跟我勢均力敵的對手手中，才能發揮最大的作用。現在顯然楊志欣並沒得到這件東西，所以我根本不必要擔心什麼。」

傅華明白睢心雄的意思，睢心雄現在是嘉江省省委書記，封疆大吏，位高權重，一個平頭百姓想靠一張內容蒼白、很難找到佐證的批覆就把他推翻，根本是不可能的。

不說別的，這張批覆根本就無法送到有權懲治睢心雄的部門手中，更談不上懲治睢心雄了。只有落到楊志欣這些高層人士的手中，再施加他的影響力，睢心雄才有可能被相關部門懲治。所以睢心雄說他不擔心，不是沒有道理的。

雖然睢心雄說得不錯，但是傅華不想讓睢心雄這麼囂張，就冷笑說：「睢心雄，你是不是也太小看黎式申了？你和黎式申共事多年，彼此對對方應該很瞭解，你覺得黎式申如果要留下對付你的東西，會讓這個東西無法發揮它的作用嗎？」

傅華相信他這句話一定會讓睢心雄緊張起來的，黎式申絕非凡庸之輩，做事很有條理，也是很有智謀、凡事很周詳的人，要不然也不會深得睢心雄的信任。這樣一個人要留下用來保命或者報復的東西，一定會經過深思熟慮，然後做出完善的安排。

儘管這只是傅華的猜測，但足以擊碎睢心雄以為自己逃過一劫的樂觀想法。果然，傅華說完之後，睢心雄好一會兒都沒講話。

傅華接著說：「睢心雄，我有時候真是看不懂你，你是個挺謹慎聰明的人，怎麼會變傻了呢？」

睢心雄生氣地回說：「你胡說八道什麼，我什麼地方傻了？」

傅華聽睢心雄不似剛才那麼從容，就知道他說的話已經成功的攻破睢心雄的心防，讓他的心再次懸了起來，心裏不禁好笑，心說這傢伙是自找的。得了便宜還想跑來賣乖，哪知道卻被自己擺了一道。

傅華說：「你什麼地方傻自己不知道嗎？如果換到我在你這個位置的話，發現認定的目標手裏沒有我想要的東西，我一定會更緊張的。你知道為什麼嗎？」

睢心雄說：「為什麼？」

傅華故意誇張地說：「因為其中的不確定性就更大了，這件東西隨時都可能冒出來威脅到我，而我卻沒有任何辦法找出它來，因為根本就沒有明確的目標。而這件事最可怕的是什麼，你知道嗎？」

睢心雄好奇地問：「是什麼？」

傅華說：「最可怕的，就是這個東西是確實存在的，只要一天找不到它，它就是一個強大的威脅，我永遠要為了這件東西而寢食難安。」

睢心雄沒有上當，說：「你不要以為我不知道你是故意誇大事實，好讓我感到恐懼。」

傅華笑說：「我有故意誇大嗎？沒有啊，我只不過是實話實說罷了。」

睢心雄強笑了一下，說：「你就牙尖嘴利吧，好了，我還有事，就不陪著你磨牙了。」

睢心雄說完，沒等傅華回話，就扣了電話。

傅華臉上浮起一絲冷笑，他相信睢心雄肯定會重啟尋找那件東西的行動，只要一天不找到，睢心雄就會煎熬度日。想到這裏，傅華覺得總算是多少出了一口惡氣。

只是那件東西究竟在哪裡呢？黎式申有把它交給誰保管嗎？

不過，就像他對如何挽回鄭莉的心毫無頭緒一樣，傅華對怎麼去找到黎式申留下的這份東西也是毫無頭緒，想了一會，頭疼欲裂，就自動放棄了。

晚上回家的時候，鄭莉已經帶著傅瑾和保姆搬了出去，家裏面空蕩蕩的，讓傅華心裏越發不是滋味。唯一慶幸的是鄭老那邊的環境條件比這裏好，他不用擔心傅瑾和鄭莉搬過去會受苦。

傅華孤家寡人一個，懶得吃晚飯，卻也不覺得餓，只是覺得悶到不行，就開了一瓶紅酒，看著窗外，自斟自飲起來。

他想要借著酒精的麻醉讓自己忘掉眼前的痛苦，但正所謂酒入愁腸愁更愁，喝了不一會兒，傅華不但覺得沒有減輕痛苦，反而頭暈得要命，就想找地方去睡覺，這時手機卻響了起來。

傅華摸出手機，無意識地接通了，說：「誰啊？」

電話那頭沒有回答傅華的問題，卻莫名其妙的說了句：「聯合銀行，朝陽區支行九六八七五三一。」

傅華乍聽一頭霧水，沒聽懂這句話是什麼意思，納悶的問道：「你說什麼？」

對方又重複了一遍：「聯合銀行朝陽區支行九六八七五三一。」

傅華趕忙問道：「喂，你是誰啊，這個究竟是什麼意思啊？」

對方沒有再說什麼就扣了電話，弄得傅華一頭霧水。對方是個女人，他想遍了身邊認識的女人的聲音，都沒有找到能跟這個女人對上號的，他回過頭來查看電話號碼，對方卻隱藏了號碼。

這把傅華給搞朦了，他想對方可能是打錯了電話，他正是頭痛得要死，哪有心思去猜謎，罵了句神經病，就將手機扔在一邊，睡了過去。

半夜時分，傅華醒來，就再也睡不著了，在床上翻來覆去的一直到天亮。今天孫守義要回北京，他必須做好接待工作。於是隨便吃了點東西，就去了駐京辦。

首都機場，孫守義看到傅華，暗自吃了一驚，傅華神色晦暗，精神萎靡，眼睛佈滿了血絲，一副強打精神的樣子，不知是怎麼了。

孫守義這次回來，是想從傅華這裏尋求幫助的，就想要關心一下傅華究竟是怎麼了，但他跟傅華疏遠已久，一下子又不好表現的過於親近，因此只是跟傅華握了握手，說了句：「辛苦了。」

這句辛苦，其實已經帶著主動要跟傅華和緩關係的暗示，然而傅華兩天都沒睡好覺，精神疲憊至極，因此並沒有留意到孫守義這個明顯的求和信號，也就沒有做出什麼回應。

上車之後，傅華送孫守義回家，一路上，孫守義看到傅華一直在強忍著不讓自己打哈欠，就說了句：「好了，在我面前就不要裝了，你想打哈欠就打吧，那個樣子讓我看著都難受。」

傅華抱歉地說：「不好意思，孫書記，我昨晚沒睡好。」

孫守義示好地說：「沒休息好就不要強撐著了，等會兒送我回去之後，就讓司機送你回家休息好了，身體是革命的本錢，硬撐出什麼毛病可就不好了。」

即使傅華再遲鈍，也感受到了孫守義的關心，就笑笑說：「謝謝孫書記關心了，我一會就回去休息。」

車子很快到了孫守義住的地方，孫守義便對傅華說：「你不用上去了，趕緊回去休息吧。」

傅華也沒堅持，就坐車子離開了。

孫守義拎著行李回到家，沈佳沒看到傅華，忍不住問道：「傅華呢，你們不會關係僵到他連送你上來都不肯了吧？」

孫守義解釋說：「是我看他太累了，所以讓他先回去休息了。誒，你知不知道他最近發生了什麼事啊？他今天的樣子看起來實在是很糟糕。」

沈佳搖搖頭說：「這我就不知道了，自從你們鬧僵之後，傅華很少過來，鄭莉現在變得更有名氣，也很忙碌，很少聯絡我，所以他們的近況如何，我還真是不瞭解。咦，守義，你這次突然回來是為什麼啊？」

孫守義嘆說：「何飛軍這傢伙越來越無賴了，如果再這麼縱容下去的話，遲早他會給我捅出大婁子的，所以我回來是想找點對付他的辦法。」

沈佳笑說：「你不會是在打傅華的主意吧？」

孫守義稱讚說：「小佳，你真是聰明，一下就猜到了我的想法。」

沈佳笑了笑說：「這沒什麼難猜的，你本來對傅華是一肚子看法，這次卻讓他早點回去休息，又是關心的問我他最近發生了什麼事，表示你是有求於他，才會這麼做。不過我有點納悶，何飛軍人在海川，傅華能有什麼辦法對付他啊？」

孫守義說：「說起來這也是市裏的一件醜事，當初何飛軍來黨校學習，第一個晚上就因為嫖妓被抓。最後是傅華出面幫他擺平的，我想看看傅華手裏有沒有留下當時的什麼東西。」

沈佳驚訝的說：「這何飛軍膽子也太大了吧？來黨校學習居然還敢去嫖妓？」

孫守義恨恨地說：「這傢伙就是個人渣，我真後悔當初起用他。你不知道他有多可惡，當初金達為了維護海川的名聲，把他嫖妓的事給壓了下來，沒有上報給省裏。前幾天，我因為他插手一家賓館的拍賣，找他談話，這傢伙居然厚顏無恥的拿這件事來威脅我，說我包庇他，也要負領導的責任。」

沈佳不敢置信地說：「怎麼有這樣的人啊，你幫了他，他還倒咬你一口？」

孫守義苦笑著說：「沒辦法，這傢伙就是個無賴嘛。誒，小佳，我這次回來，你跟老爺子說了沒有？」

沈佳說：「跟老爺子講了，老爺子說晚上讓你過去見他。」

孫守義說：「行，我正好有些事要向老爺子請教呢。」

「那傅華的事你打算怎麼辦啊？要不要我出面幫你請他們夫妻出來吃頓飯？」沈佳問道。

沈佳雖然最近沒跟傅華和鄭莉有什麼往來，但她並沒跟傅華夫妻倆鬧什麼彆扭，以前的情分多少還在，她出面，傅華夫妻倆總不好意思拒絕。

孫守義卻搖搖頭說：「我想要的是傅華真心幫我，你出面請他吃飯不一定能達到這個目的。」

沈佳愣了一下，說：「那怎麼辦啊？傅華個性挺倔的，你們倆鬧過那麼一場矛盾，再想說服他真心的幫你，恐怕很難啊。」

孫守義說：「我知道很難，不過倒也不是全無可能。那次他被免職，主因是金達，我只是附和而已，所以我們之間的矛盾本來就沒那麼大。再是鄧子峰想要對付他，我也沒對傅華採取行動，算是對他手下留情了。基於這兩點，我想應該有機會說服他的。」

沈佳問：「那你打算怎麼說服他呢？」

孫守義說：「我打算跟他好好深談一次，把那些事情敞開來談，好消除彼此間的芥蒂。他如果聰明的話，應該會接受跟我的和解，除非他一定要走到我的對立面去。」

晚上，孫守義和沈佳就去了趙老家裏。

一見到趙老，孫守義就說：「老爺子，您真是神算啊，瞎心雄果然像您說的那樣，沒有上位的機會了。」

趙老笑笑說：「我在宦海裏也浮沉了這麼多年，再沒有點政治上的敏感性，那我豈不是白混啦？」

孫守義恭維說：「話不能這麼說，鄧子峰也在仕途中打滾多年，這次不也看走了眼嗎？說到底，還是老爺子您眼光厲害啊。」

趙老分析說：「鄧子峰跟我所處的位置不同，他身在局中，一舉一動都有利益上的考量，他選擇力挺雎心雄，也是在賭一個上位的機會，本就冒著很大的風險；而我早就是局外人了，雎心雄能不能上位跟我一點關係都沒有，我處在一個超然的地位，當然看事情更透徹一點了。」

說到這裏，趙老忍不住問孫守義說：「你這次沒配合鄧子峰的行動，鄧子峰沒找你麻煩吧？」

孫守義搖搖頭說：「這倒沒有，形勢變換的太快，鄧子峰還沒有來得及向我施加壓力，雎心雄那邊就出問題了，鄧子峰自己都偃旗息鼓啦，自然不會再來找我什麼麻煩的。」

趙老說：「確實是瞬息萬變啊，我雖然猜到雎心雄上位的可能性不大，卻也沒想到形勢會這麼急轉直下。」

孫守義看了看眼前這位老人，在老人的指點下，他才得以順利度過很多難關，他很想知道這位老人對未來時局的看法，就問道：「老爺子，您怎麼看這次高層的換屆？楊志欣有機會能夠上位嗎？」

「現在還很難說，」趙老思索著說：「睢心雄死而未僵，一直咬著楊志欣不放，所以楊志欣能不能上位還存在著很大的變數。」

孫守義又問：「那像鄧子峰這些曾經支持過睢心雄的人，會受到秋後算賬嗎？」

趙老說：「肯定是不會的，睢心雄都沒被清算，又怎麼會清算支持他的人呢？」

孫守義說：「那如果睢心雄受到了清算呢？」

趙老反問道：「你認為睢心雄會受到清算？」

孫守義點點頭說：「睢心雄做的那一套，明顯是在以下凌上，如果這一屆換屆順利的話，我覺得新上臺的高層一定會清算他的。」

趙老卻不以為然地說：「不會的，睢家在政壇上也是根基深厚，新上臺的高層為了穩定，也不會輕易清算他的；所以只要不出大問題，睢心雄這個嘉江省省委書記還會做下去的。」

孫守義說：「那鄧子峰也不會受影響嗎？」

趙老看了看孫守義，說：「你這麼關心鄧子峰的動向，是擔心他會報復你吧？」

孫守義點點頭說：「我上次沒有配合他的行動，他肯定對我有看法了，我想他應該沒那麼大度肯原諒我吧？」

趙老笑笑說：「他肯定是沒那麼大度，不過他也不敢對你怎麼樣的，他已經因為支持睢心雄在高層那裏失了分，夠明智的話，應該不會再樹敵的。所以你放心的做你的市委書記吧，他應該不會找你什麼麻煩的。誒，對了，小孫，你這個市委書記做了也有些日子了，感覺如何啊？」

孫守義大吐苦水說：「很不好。總管全局的工作並不好做啊。」

趙老笑笑說：「怎麼了小孫，我看你似乎有點怯步了啊。」

孫守義說：「老爺子，我倒沒有怯步，反正遇到什麼問題就解決什麼問題就是了。不過，有些事情確實令人頭疼。」

趙老關心地問：「什麼頭疼的事啊，說來聽聽。」

孫守義發牢騷說：「行啊，我正想讓您幫我拿拿主意呢。讓我頭疼的事有兩件，一件是海川出了一個無賴的副市長，前段時間還鬧出一齣自殺的鬧劇，我和姚巍山怕事情鬧大，遷就了他一下。結果這傢伙就認為我軟弱好欺了，動輒就對我撒潑耍橫，越來越不像話。」

趙老不禁問道：「那你想拿他怎麼辦？這種人絕對不能姑息下去，你越姑息他，他越驕橫，一直這樣下去的話，遲早會闖出大禍來的。」

孫守義說：「這我知道，所以我想找機會讓省裏拿掉他的副市長，這樣他就沒什麼依仗了，到時候想怎麼處理他都可以。」

趙老看了看孫守義，笑說：「我看你的樣子，好像是已經有了對付他的主意了。」

孫守義說：「是有了一個主意，不過還需要做一些前置工作。」

趙老聽了說：「那你自己斟酌著辦吧，不過，這種無賴雖然令人討厭，但是對你的妨礙並不大，所以能除掉他最好，萬一一時除不掉，不妨先把他擱在一旁，可不要為了一時意氣，做了得不償失的事。」

沈佳附和說：「守義，老爺子的話很對，這種人如果確實沒什麼好辦法對付他，就暫且把他放一放吧。」

孫守義心想：這種人我怎麼還敢放啊，不過嘴上卻說：「我心中有數，我會隨機應變的。」

趙老又問：「那讓你頭疼的另一件事是什麼啊？」

孫守義忿忿地說：「讓我頭疼的另一件事，就是代市長姚巍山，這個人代市長還沒轉正，就開始在暗地裏做一些小動作來針對我了，而且這傢伙的手腳很不乾淨，竟然把手伸到工程項目中為自己謀取私利，我很想攪了他的市長選舉，讓這傢伙從海川滾出去。」

沈佳愣了一下，趕忙勸道：「守義，你可千萬別這麼做，這可不是兒戲，你這麼做是攪亂選舉，會受處分的。」

孫守義笑了一下，說：「小佳，我清楚其中的利害的，所以我只是想想而已。」

「其實這倒不妨操作一下，」趙老接口說：「這個姚巍山不比那個無賴副市長，他才是你該重視的人。如果你不趁著他翅膀還沒長硬的時候狠狠地教訓他一下，等他羽翼豐滿，他就會成為你的心腹大患的。」

孫守義附和說：「老爺子，我跟你的感覺一樣，我跟這傢伙搭班子的時間雖然不長，但是已經可以明顯感覺到他心機陰沉，很懂得背地裏算計人，我還真不知道這傢伙如果轉正了會是個什麼樣子。」

沈佳擔憂地說：「可是老爺子，真要操作讓這傢伙不當選，這裏面的政治風險可是很高的。」

趙老笑笑說：「那可不一定，操作得好的話，小孫只會從中受益，不會受損的。」

孫守義聽了，忙說：「老爺子，您快教教我，要怎麼樣才能既讓姚巍山不當選，又能讓我從中受益呢？」

趙老面授機宜說：「不是要姚巍山不當選，而是讓他在你的協助下勉強過關；如果姚巍山不能高票當選，那他這個新市長的威信將會受到很大的損害，他以後在海川，將會更依賴你，這樣他就不得不成跛腳鴨了。」

孫守義略微沉吟了一下，說：「老爺子，這個倒是可以考慮操作一下。只要讓他當選，組織上就不能說我這個市委書記沒有完成組織上交給我的任務，而他無法高票當選，則是他的能力有問題，那就怪不得我了。」

趙老點頭說：「道理是這樣的，但是這件事你想要操作得好，有些分寸一定要拿捏好，不然的話可就弄巧成拙了。」

孫守義不解地看了趙老，說：「老爺子，您要我拿捏什麼分寸啊？」

趙老說：「首先，千萬不要節外生枝，什麼都要嚴格按照組織的意圖去辦，越正常越好，最好是搞成等額選舉，這樣子才能顯出姚巍山的低票當選是他自身的能力問題，而非是別人跟他搗亂。」

孫守義聽了說：「這個我可以做到，我會向省裏建議，鑒於姚巍山新從外地調來不久，還沒在海川建立起足夠的威信，為了確保選舉順利，保證當選，這次的市長選舉就採用等額選舉。」

沈佳說：「你這麼做，說不定姚巍山還會很感激你為他著想呢。」

趙老笑說：「為了影響他的選舉結果，可以適當的曝光一些姚巍山所做的違紀違法的事，打擊他的聲譽，既然你說他已經插手市裏的工程謀取私利，應該不難做到吧？」

孫守義點點頭說：「只要通過適當的管道把這些事給公佈出去，一定會引起大眾對他的懷疑的。」

趙老接著說：「那第二個需要拿捏的分寸就來了，那就是你要把事情控制在讓公眾懷疑的程度之內，絕對不能太超過，一旦超過，就好像是說省委選擇了一個錯誤的人選；這會讓省委的領導對你們海川的領導班子不滿的。」

請續看《權錢對決》8 加倍奉還

權錢對決 七 當局者迷

作者：姜遠方
發行人：陳曉林
出版所：風雲時代出版股份有限公司
地址：105台北市民生東路五段178號7樓之3
風雲書網：http://www.eastbooks.com.tw
官方部落格：http://eastbooks.pixnet.net/blog
Facebook：http://www.facebook.com/h7560949
信箱：h7560949@ms15.hinet.net
郵撥帳號：12043291
服務專線：(02)27560949
傳真專線：(02)27653799
執行主編：朱墨菲
美術編輯：許惠芳

法律顧問：永然法律事務所 李永然律師
北辰著作權事務所 蕭雄淋律師

版權授權：蔡雷平
初版日期：2017年5月
初版二刷：2017年5月20日
ISBN：978-986-352-411-3

行政院新聞局局版台業字第3595號 營利事業統一編號22759935

國家圖書館出版品預行編目資料

權錢對決／姜遠方 著. -- 初版. -- 臺北市：
風雲時代，2016.11- 冊；公分

ISBN 978-986-352-411-3（第7冊；平裝）

857.7　　105019530